Alexander Korell

A.L.I.E.N.S.

WORLD WAR II

Band 1: »Blutgewitter über Stalingrad«

EK-2 Militär

Ihre Zufriedenheit ist unser Ziel!

Liebe Leser, liebe Leserinnen,

zunächst möchten wir uns herzlich bei Ihnen dafür bedanken, dass Sie dieses Buch erworben haben. Wir sind ein kleines Familienunternehmen aus Duisburg und freuen uns riesig über jeden einzelnen Verkauf!

Mit unserem Label *EK-2 Militär* möchten wir militärische und militärgeschichtliche Themen sichtbarer machen und Leserinnen und Leser begeistern.

Vor allem aber möchten wir, dass jedes unserer Bücher **Ihnen ein einzigartiges und erfreuliches Leseerlebnis** bietet. Daher liegt uns Ihre Meinung ganz besonders am Herzen!

Wir freuen uns über Ihr Feedback zu unserem Buch. Haben Sie Anmerkungen? Kritik? Bitte lassen Sie es uns wissen. Ihre Rückmeldung ist wertvoll für uns, damit wir in Zukunft noch bessere Bücher für Sie machen können.

Schreiben Sie uns: info@ek2-publishing.com

Nun wünschen wir Ihnen ein angenehmes Leseerlebnis!

Moni & Jill von EK-2 Publishing

LAGEBERICHT OSTFRONT (STA-LINGRAD), JUNI BIS DEZEMBER 1942:

Unter dem Decknamen »Fall Blau« begann am 28. Juni 1942 die Sommeroffensive der Wehrmacht in der Sowjetunion. Zunächst war in den dementsprechenden Plänen die Einnahme von Stalingrad überhaupt nicht vorgesehen. Doch Pläne und Decknamen änderten sich in diesem grausamsten Krieg der Menschheitsgeschichte genauso schnell wie die Ansichten, Meinungen und Befehle des Führers des Großdeutschen Reiches. Wie so oft bevormundete Adolf Hitler das Oberkommando des Heeres, das die diesbezüglich höchste Kommandobehörde darstellte, in der auch der betreffende Generalstab eingegliedert war. So änderte er in seiner Weisung Nr. 45 die ursprünglichen Ziele der Offensive, die zunächst auf Woronesch abzielte und nun über den Don-Bogen weitergeführt werden sollte. Das hatte Mitte September 1942 den deutschen Vorstoß im Kaukasus und an die untere Wolga Richtung Stalingrad zur Folge. Der Führer bekräftigte seinen Entschluss mit kriegswirtschaftlichen Gründen, wie etwa der Eroberung und Nutzbarmachung der kaukasischen Ölquellen sowie das Abschneiden von sowjetischen Gütertransporten über den Verkehrsknotenpunkt des Industriestandortes Stalingrad.

Die langgezogene und stellenweise bis zu fünf Kilometer breite Stadt, die rund tausend Kilometer südöstlich von Moskau am westlichen, rechten Ufer der Wolga lag, sollte unter Wirkung schwerer Waffen gebracht werden. Ihre Einnahme war oberste Pflicht, um sie als Rüstungs- und Verkehrszentrum sowie Nachschublinie zu eliminieren.

Die 6. Armee unter dem Oberbefehl von Friedrich Paulus, ursprünglich für die Flankensicherung der Kaukasusfront vorgesehen, war nach Kämpfen bei Charkow und Kalatsch Richtung Stalingrad marschiert. Kurz davor vereinigte sie sich am 2. September 1942 mit der 4. Panzerarmee. Schon am 23. August hatten 600 Bomber der Luftflotte 4 die Industriestadt in ein wahres Trümmerfeld verwandelt und Kollateralschäden von 40.000 Zivilisten gefordert. Doch die geplante schnelle Eroberung scheiterte an der massiven Gegenwehr der Sowjets.

Somit geriet die 6. Armee samt Panzerdivisionen geradewegs in eine Abnutzungsschlacht, bei der um jede Straße, um jeden Bunker, um jedes Fabrikgelände und um jeden Keller erbittert gekämpft wurde. Die deutschen Verbände steckten in dieser verfluchten Stadt regelrecht fest, in der es nicht viel mehr als Fabriken, Bahngleise und Industrieanlagen zu geben schien.

Hinzu kam, dass der Führer mit seinem Eingreifen in die strategischen Pläne des OKH die Heeresgruppe Süd in die Heeresgruppe A und B aufgespalten hatte und somit auch für die Zersplitterung der Kräfte verantwortlich war. Aber gerade davor hatte die Generalität unter Generalstabschef Franz Halder stets gewarnt.

Obwohl die Offensive im September 1942 ins Stocken geriet, hatte es zunächst von der Stalingrader Front ermutigende Nachrichten gegeben. Denn der 71. Infanteriedivision der 6. Armee war es gelungen, das tiefgestaffelte Festungskampffeld zu durchstoßen und die Höhen vor dem Stadtzentrum zu stürmen. Erstmals wehte dort die Reichskriegsflagge, vor allem zur Demoralisierung der Bolschewiken. Die Vorarbeit für diesen Erfolg hatte zweifellos das XIV. Panzerkorps von General von Wietersheim geleistet, die sogenannte »gepanzerte Faust« des einzigen, der 6. Armee unterstellten Panzerkorps. Dieses wiederum bestand aus der 16. Panzerdivision sowie der 3. und der 60. motorisierten Infanteriedivision.

Doch dann änderte sich die Frontlage. Es wurde bekannt, dass Josef Wissarionowitsch Stalin, der »Stählerne«, Vorsitzender des Rates der Volkskommissare und Staatsführer der Sowjetunion, der den »Großen Vaterländischen Krieg« gegen Adolf Hitler proklamiert hatte, nun persönlich die Kriegsführung übernahm. Dementsprechend ließ er die Stadt am Wolgaknie, die seinen Namen trug, als letztes Verteidigungszentrum ausbauen. So befahl er bereits am 12. Juli 1942 Marschall Semjon Timoschenko, dem stellvertretenden Oberbefehlshaber der Roten Armee, dass Stalingrad von der 62. sowjetischen Armee unter Generalmajor Wladimir Kolpaktschi bis zum »letzten« Mann verteidigt werden müsse.

Im Juli und August 1942 wurde die Schlacht um Kalatsch am großen Donbogen, direkt vor den Toren Stalingrads gelegen, wegweisend für die nachfolgenden Operationen. Die erbitterten Kampfhandlungen endeten schließlich siegreich für die Wehrmacht, die so ins alte Zarizyn vorstoßen konnte. Obwohl die Verbände im starken Artilleriefeuer lagen, die Sowjets Flächenteppiche mit ihren Stalinorgeln entfachten, rollten die deutschen Divisionen weiter. Unterstützt wurden sie von Schlachtfliegern und Stuka-Geschwadern des VIII. Fliegerkorps und konnten so zunächst die russische Verteidigung entlang des Donbogens sprengen. Der nachfolgende Weg wurde von schweren Feuerschlägen gegnerischer Flak begleitet.

In jenen Tagen verschlechterte sich das Kriegsglück der Deutschen rapide. Dafür war mitunter Stalins Kalkül verantwortlich, Generalmajor Kolpaktschi abzurufen und durch Generalleutnant Anton Lopatin zu ersetzen. Generaloberst Georgi Schukow, einem der härtesten und besten sowjetischen Offiziere, arbeitete zusammen mit Generaloberst Alexander Wassilewski einen Plan zur Umfassung Stalingrads aus. Dank dieses Planes gelang es tatsächlich, unter anderem mit der 62. sowjetische Armee die deutsche 6. Armee einzukesseln. Damit ging Schukows Plan, die Versorgungsschwierigkeiten sowie die Flankenvernachlässigung des Feindes auszunutzen, um ihn in eine verlustreiche Abnutzungsschlacht zu verwickeln, voll und ganz auf.

Seit dem 19. November 1942 saßen die Deutschen mit 300.000 Mann in den Ruinen der Stadt fest. Ihnen gegenüber stand mehr als eine dreifache Übermacht von einer Million Rotarmisten, die den Kessel um die Wolgametropole geschlossen hatten.

Diese Misere war vor allem dem Umstand geschuldet, dass die zur Flankensicherung abgestellten, aber schwach ausgerüsteten Verbände der 3. rumänischen Armee unter General Petre Dumitrescu dem sowjetischen Gegenschlag nicht standhalten konnten. Die Rumänen hatten mit ihren, von Pferdegespannen gezogenen, 3,7-cm-Panzerabwehrkanonen keine Chance gegen die feindlichen T-34-Panzer. Außerdem konnte die deutsche Luftwaffe aufgrund schlechter Witterung nicht unterstützend eingreifen. Auch das dahinterliegende XLVIII. Panzerkorps, bestehend aus der 22. deutschen und der 1. rumänischen Panzerdivision unter dem Kommando von Generalleutnant Ferdinand Heim, änderte nichts an dem Verlauf des Kriegsgeschehens.

Bereits am 17. November 1942 war dem Armee-Oberkommando 6 per Fernschreiben ein geheimer Führerbefehl zur Fortführung der Eroberung Stalingrads durch die 6. Armee übermittelt worden. Diese Anweisung wurde sämtlichen in der Stadt eingesetzten Kommandeuren bis einschließlich zum Regimentskommandeur mündlich bekanntgegeben. Darin erklärte Hitler wortwörtlich: »Die Schwierigkeiten des Kampfes um Stalingrad und die gesunkenen Gefechtsstärken sind mir bekannt. Die Schwierigkeiten für den Russen sind jetzt aber bei dem Eisgang auf der Wolga noch größer. Wenn wir diese Zeitspanne ausnützen, sparen wir uns später viel Blut. Ich erwarte deshalb, dass die Führung nochmals mit aller wiederholt bewiesener Energie und die Truppe nochmals mit dem oft gezeigten Schneid alles einsetzen wird, um wenigstens bei der Geschützfabrik und beim Metallurgischen Werk bis zur Wolga durchzustoßen und diese Stadtteile zu nehmen. Luftwaffe und Artillerie müssen alles tun, was in ihren Kräften steht, diesen Angriff vorzubereiten und zu unterstützen.«[1]

Doch es kam anders. Nur drei Tage nach dem Führerbefehl, nämlich am 20. November, durchbrach das, zur 57. russischen Armee gehörende 13. Panzerkorps von Generalmajor Tanastschischin den nördlichen Flügel der 4. rumänischen Armee bei Krasnoarmeisk und drang in die südlichen Bezirke Stalingrads ein. Und auch das in der 51. russischen Armee eingegliederte 4. mechanisierte Korps unter Generalmajor W. T. Wolski rollte die Front auf. Diese und weitere Durchbrüche ermöglichten den Russen eine doppelte Zangenbewegung, um die 6. Armee einzuschließen. Damit sollte mitunter die Eisenbahnlinie Stalingrad-Lichaja eingenommen werden, um die Verbindungswege der deutschen Heeresgruppe zu unterbrechen.

In jenen schicksalhaften Tagen wurde im Nordwestabschnitt die Front der deutschen Truppen in einer Länge von zweiundzwanzig Kilometern und im Südabschnitt in einer Länge von zwölf Kilometern durchbrochen. Dementsprechend gelang es den Sowjets auch, weitere strategisch wichtige Ziele einzunehmen, wie etwa das Zarizatal, die Eisenbahn von Sowjetski bis

---

[1] Zitiert nach: Franz Kurowski: Stalingrad - Die Schlacht, die Hitlers Mythos zerstörte, Bergisch Gladbach 1992, S. 240

7

Kalatsch, die Donbrücke sowie die Höhen auf Westufer Don bis Golubinskaja, Oskinski und Kraini. In der Folge eroberten sie durch neue Zangenbewegungen und dem Durchbrechen von Sperrriegeln, die die Flankenpositionen der Deutschen sicherten, weiteres Gelände.

Zur massiven negativen Frontveränderung der Wehrmacht kam zudem der Wetterwechsel hinzu. Am 16. November 1942 fiel zwischen Don und Wolga der erste Schnee. Außerdem sanken die Temperaturen zunächst auf zwei Grad minus und später dann auf sechsundzwanzig Grad unter null. Und das sehr zum Leidwesen der Landser, verfügte die 6. Armee doch noch immer nicht über geeignete Winterkleidung, ganz im Gegensatz zum wetterfesten Gegner. Zu den tiefhängenden Wolken mit rieselndem Schnee, abwechselnd mit orkanartigen Schneestürmen, kam noch der Nebel, der die Umgebung in eine regelrechte Waschküche verwandelte. Infolgedessen konnten die deutschen Aufklärungsmaschinen die Truppenkonzentrationen des Feindes nicht hinreichend ausmachen.

Die strenge Kälte führte dazu, dass die Getriebe der Fahrzeuge festfroren und nur durch vorsichtiges Anwärmen wieder in Gang gebracht werden konnten. Schlösser, Zuführeroberteile und Deckel von Maschinengewehren wurden mit Mänteln oder Decken eingewickelt, obwohl gerade diese für die einfachen Landser Mangelware darstellten. Selbst die in Schützengräben abgestellten Waffen und Patronenkästen mussten vor dem Einschneien geschützt werden. Die wenigen Heinkel He 111 und Stukas Junkers Ju 87, die noch zur Verfügung standen, konnten nur mit Hilfe von Wärmegeräten vom Frost befreit werden, um die Motoren anzulassen.

Hitler schien das alles zu ignorieren. Denn schon einen Tag später befahl er irrsinnigerweise, Stalingrad nun endgültig einzunehmen. Und so tappte die oberste Heeresführung in die längst bereitgestellte Falle der Sowjets.

Der arg gerupften 6. Armee mit seinen vier Armeekorps, bestehend aus dem LI., VIII., XI., IV. mit dreizehn deutschen und einer rumänischen Division sowie dem XIV. Panzerkorps mit fünf Divisionen, standen drei Panzerkorps, zwei Kavalleriekorps und rund vierzig Schützendivisionen gegenüber.

Dabei hatte die 6. Armee bereits 70.000 der insgesamt 300.000 Soldaten verloren. Mit dem Höllenfeuer aus 3.500 sowjetischen Geschützen, das den Himmel wie ein ewig währendes Gewitter erhellte, begann der Überlebenskampf der deutschen Landser im Höllenkessel von Stalingrad. Von weiterer Eroberung, wie es Hitler gefordert hatte, keine Spur mehr.

Stattdessen tauchten überall aus der Steppe und über die Wolga neue russische Verbände auf, verstärkt durch sibirische Einheiten, Kosakenkavallerie und Panzer-Skitruppen, die die rückwärtigen Teile des Gegners in Unruhe und Durcheinander versetzten. Versprengte Deutsche waren jetzt nicht nur der Kälte, sondern auch umso mehr dem Feind ausgeliefert. Viele Fahrzeuge der eigenen zurückflutenden Kampfgruppen blieben wegen Spritmangels liegen, obwohl andererseits wiederum umfangreiche Treibstofflager vernichtet worden waren. Lebenswichtige Verpflegungslager sowie Geräte, Waffen, Munition und Fahrzeuge fielen in die Hände der Sowjets. Und das mit fatalen Auswirkungen, wie die nachfolgenden Tage zeigten.

Währenddessen gab Hitler die Order, dass Generalfeldmarschall Erich von Manstein ab sofort eine beiderseits von Stalingrad neu zu schaffende Heeresgruppe Don, bestehend aus der 6. Armee, der 4. Panzerarmee sowie der rumänischen 3. und 4. Armee, übernehmen und die Eingekesselten heraushauen sollte.

Das Winterhauptquartier von Friedrich Paulus, der erst am 30. November 1942 zum Generaloberst befördert worden war, lag zunächst in Golubinskaja, einem kleinen Kosakendorf nordostwärts von Kalatsch. Danach in Nischne-Tschirskaja am Zusammenfluss von Don und Tschir. Nun aber flogen er und sein Führungsstab in den Kessel ein, um erneut einen Gefechtsstandwechsel vorzunehmen. Dieses Mal zwei Kilometer westlich vom Bahnhof Gumrak, an dessen Rand ein riesiges, von ehemaligen sowjetischen Flakstellungen umsäumtes Flugfeld mit Bunkern lag.

In diesen Stunden sickerte auch der Aufruf des Kriegsrats Stalingrader Front an die Genossen, Rotarmisten und Kommandeure durch, in dem es unter anderem hieß: »Jetzt ist uns die Ehre zuteilgeworden, eine große Offensive gegen den

Feind zu führen. Für das Blut unserer Frauen und Kinder, die von den faschistischen Kannibalen ermordet wurden, für das Blut unserer Kämpfer und Kommandeure müssen wir Ströme feindlichen Blutes vergießen!«[2]

So also sahen die Bolschewiki ihre deutschen Gegner – als »faschistische Kannibalen«!

Neben der zahlenmäßigen Überlegenheit der Sowjets sowie der Kälte kam noch ein weiteres entscheidendes Verhängnis hinzu: Das rapide Absinken der eigenen Vorräte, von Munition, Betriebstoff und vor allem von Lebensmitteln.

Bereits seit vielen Tagen wurde die 6. Armee vom Hunger heimgesucht. In der Folge wurde zunächst die Verpflegung der abgekämpften Truppen auf die Hälfte reduziert, was hieß, täglich nur noch 200 Gramm Brot und etwas Büchsenverpflegung. Letztlich war eine rechtzeitige und ausreichende Versorgung im Kessel ausgeschlossen. Aus diesem Grund appellierte General Paulus schon am 23. November 1942 in einem Funkspruch an das OKH: »Die Armee geht in kürzester Zeit der Vernichtung entgegen, wenn nicht unter Zusammenfassung aller Kräfte der von Süden und Westen angreifende Feind vernichtend geschlagen wird. Hierzu ist sofortige Herausnahme aller Divisionen aus Stalingrad und starker Kräfte aus der Nordfront erforderlich. Unabwendbare Folge muss dann Durchbruch nach Westen sein, da Ost- und Nordfront bei derartiger Schwäche nicht mehr zu halten.«[3]

Einen Tag später folgte ein Führerentscheid, der besagte, dass Hitler beabsichtige, die jetzige Nordfront unter allen Umständen und dementsprechend auch Stalingrad nach dem Motto »Kein Schritt zurück!« zu behaupten. Allerdings wäre eine Luftversorgung im Anlaufen, denn Hermann Göring, Reichsmarschall und Oberbefehlshaber der Luftwaffe, hätte versichert, dass die Transportflugzeuge in der Lage seien, den benötigten Mindestbedarf von täglich fünfhundert Tonnen Versorgungsmaterial einzufliegen. Die Verantwortlichen im

---

[2] Zitiert nach: Janusz Piekalkiewicz: Stalingrad – Anatomie einer Schlacht, München 1977, S. 261

[3] Zitiert nach: Janusz Piekalkiewicz: Stalingrad – Anatomie einer Schlacht, München 1977, S. 284

Kessel wussten, dass dies ein fataler Trugschluss war. Alleine schon das miserable Wetter ließ nur wenige Versorgungsflüge durch das VIII. Fliegerkorps von Generalleutnant Martin Fiebig zu. Außerdem gab es in diesem Frontabschnitt viel zu wenige Transportflugzeuge. Andere, die herbeigeschafft werden sollten, mussten erst noch für den Wintereinsatz umgerüstet werden oder es fehlte ihnen an technischen Mitteln. Ganz abgesehen davon, dass die Flugplätze in Stalingrad, wie Gumrak, Bassargino, Karpowka oder Stalingradski, bis auf Pitomnik, ungeeignet waren, weil sie zumeist zu nahe an der Frontlinie lagen. Zumal für die sowjetische Flaksperre, die entlang der Einflugschneisen agierte, die Hauptaufgabe darin bestand, die gegnerischen Versorgungsflieger vom Himmel zu holen. Dementsprechend wuchs die Zahl der Abschüsse stetig. Am 30. November 1942 erreichten beispielsweise von achtunddreißig gestarteten Ju 52 lediglich zwölf den Raum Stalingrad. In der Folge sollten rund fünfhundert Maschinen verloren gehen, was wiederum der Hälfte aller eingesetzten Flugzeuge entsprach.

Dennoch ordnete Hitler weiteres Ausharren an. Ein Aufgeben der Stadt würde den Verzicht auf einen wesentlichen Erfolg der Russland-Offensive bedeuten, denn dadurch könnte die Rote Armee wieder in den Besitz der lebenswichtigen Verbindung auf der Wolga kommen. Ohnehin sei das Vordringen des Feindes nur infolge des Versagens zahlreicher rumänischer Truppenteile zustande gekommen. Notfalls müsste die 6. Armee den ganzen Winter über eine Belagerung aushalten, um sie dann in einer neuen Sommeroffensive zu befreien.

Diese Argumentationen zeigte dem Generalstab des Heeres, dass Hitler als Oberbefehlshaber der Wehrmacht, entweder die Lage vollkommen falsch einschätzte oder langsam an Realitätsverlust litt.

Ohnehin nahm die Wucht des gegnerischen Angriffs und damit des Feindrucks stetig zu, einhergehend mit der Zunahme der eigenen Verluste. Truppen, die sich nicht dem Feind ergaben, wurden schonungslos in den Stellungen niedergekämpft. Zudem besserte sich allmählich das Wetter was jedoch nicht den Deutschen, sondern den Sowjets zum Vorteil gereichte. So konnte die Rote Luftflotte mit ihren Sturmovik-Staffeln in die

Schlacht eingreifen, die insbesondere die sich zurückziehenden feindlichen Kolonnen unaufhörlich bombardierten. Gleichzeitig wurden deren eroberte Flugplätze stetig unter Feuer gehalten.

Auch der Charakter des Stadtkampfes in den Gräben, Ruinen und Kellern, veränderte sich vollkommen. Denn die Wehrmacht verzichtete nun völlig auf Angriffe, weil sie vielmehr dazu gezwungen war, ihre Stellungen und Maschinengewehrnester gegen die Übermacht zu verteidigen. Selbst die Flammenwerfer mit ihrer ansonsten vernichtenden Wirkung, wenn sie aus ihren nach allen Seiten hin schwenkbaren Stahlrohrköpfen Feuersäulen über die feindlich besetzten mehrstöckigen Gebäude und Festungswerke hinweg schleuderten, konnten daran nichts ändern. Ebenso wenig die Nebelwerfer, die mit ihren 115 Zentimeter langen glatten Rohren flügelstabilisierte Splittergeschosse bis auf eine Entfernung von über drei Kilometern verschossen.

Derweil nahm der Nachschubmangel an Lebensmitteln und Munition, aber auch an Unterkünften sowie Bau- und Brennholz zu. So konnten nicht einmal mehr notwendige Unterstände errichtet werden, weil es unmöglich war, im dauergefrorenen Boden Schützenlöcher auszuheben. Bei bis zu minus 30 Grad mussten die Landser mitunter in Zelten ausharren. Ihre Zuversicht sank gleichermaßen, wie die Strapazen und Entbehrungen stiegen.

Da Generaloberst Paulus dem Führer weiterhin Gehorsam schuldete, war er unschlüssig. General Walther von Seydlitz-Kurzbach hingegen, rechnete fest mit dem Befehl zum Ausbruch und bereitete sein LI. Armeekorps bereits darauf vor. Nachdem die Kampfgruppen jedoch die gut ausgebauten und geschützten Riegelstellungen und Bunker geräumt hatten, endeten sie in Schneelöchern und vereisten Schluchten am nördlichsten Rand der Stadt. Der ersehnte Befehl wurde nicht erteilt. Doch die alten Stellungen waren nun bereits von den Sowjets besetzt. Doch dieser Zustand wäre einem Todesurteil für seine Männer gleichgekommen. Jetzt sprach er nur noch davon, »Keinen Schritt zurück! Was verloren geht, muss unverzüglich wieder gewonnen werden!« Und damit ganz im Sinne des Führers.

Dennoch blieb diese Wunschvorstellung reiner Wahnwitz. Trotz hoher Verluste konnten die alten Stellungen nicht wieder vollständig zurückgewonnen werden, im Gegenteil dazu eroberten die Sowjets eine Bahnstation nach der anderen, kämpften hunderte kleinere Stützpunkte und Höhenstellungen nieder. Ihr Ideenreichtum kannte keine Grenzen. So errichteten beispielsweise Pioniere sogenannte »Unterwasserbrücken«, bei denen die eigentliche Brückenfläche rund fünfzehn Zentimeter unter dem Wasserspiegel blieb. Brachen Kampfwagen im dünnen Eis ein, konnten sie dennoch weiter die Gewässer überqueren. Hinzu kamen die gefürchteten Gardetruppen, die in den Fabrikviertel sowie am südlichen Stadtrand Dutzende Blockhäuser und Truppenunterstände stürmten oder sprengten. Selbst in die erbarmungslos umkämpften Gebäude des Traktorenwerkes drangen sie ein.

Derweil beabsichtigte Generalfeldmarschall Erich von Manstein am 27. November 1942 mit der 4. Panzerarmee von Generaloberst Hermann Hoth eine Entsatzoperation mit dem Tarnnamen »Wintergewitter« zu starten.

Dabei sollte in der Südostfront östlich des Dons eine Schneise durch die sowjetischen Einschließungskräfte geschlagen werden, um die Verbindung zur 6. Armee herzustellen. Und das mit dem Ziel, den Kessel zu sprengen, um nach Süden ausbrechen zu können. Unterstützend sollte das XXXXVIII. Panzerkorps unter General Karl-Adolf Holldit wirken, das zum Brückenkopf von Nischne-Tschirskaja vorstoßen sollte, um so den Hauptangriff des LVII. Panzerkorps zu verstärken. Doch dieser notwendige Beistand entfiel, da die Kräfte nach der Vernichtung der 7. Luftwaffen-Felddivision am Tschir, dort gebunden waren.

Das LVII. Panzerkorps bestand aus der, aus Frankreich frisch verlegten 6. Panzerdivision und der 23. Panzerdivision. Die 6. Panzerdivision gehörte zu den bewährtesten Divisionen der deutschen Wehrmacht.

Tatsächlich gelang den Panzerspitzen ein kilometerweites Vorrücken. Im Gebiet von Kotelnikowo kam es schließlich zum Aufeinandertreffen mit der von Marschall Timoschenko errichteten Verteidigungszone. Dazu zählten mitunter zwei Artillerie-Sperrlinien, für die sich Marschall Schaposchnikow verantwortlich zeigte. Mit massivem Artilleriefeuer und dem Einsatz von Sturmovik-Schlachtflugzeugen im deckungslosen Gelände gelang es ihm, der mächtigen deutschen Angriffswelle zu widerstehen.

Letztlich musste durch die sowjetische Großoffensive »Operation Saturn«, eingeleitet durch den Zusammenbruch der italienischen 8. Armee, der Entsatzangriff der 4. Panzerarmee trotz anfänglicher Erfolge abgebrochen werden. Und das nur fünfzig Kilometer vor Stalingrad!

Durch diese gegnerische Winteroffensive wurde der gesamte Südflügel der deutschen Ostfront gefährdet. Wenn es dem Feind gelang, die Tschirfront zu zerschlagen, war der Weg nach Rostow frei. Dann drohte Mansteins Heeresgruppe Don sowie der im Kaukasus kämpfenden Heeresgruppe A unter Generalfeldmarschall Ewald von Kleist ein ähnliches Schicksal durch Abschnürung wie Generaloberst Paulus.

Auch der seit dem 2. Dezember 1942 unter dem Stichwort »Donnerschlag« geplante Ausbruch der 6. Armee aus dem Kessel, um doch noch der Panzerarmee von Hoth entgegenzustoßen, scheiterte an der starken Gegenwehr der sowjetischen 2. Garde- und der 5. Stoßarmee sowie des 7. Panzerkorps.

Ohnehin hatte Paulus einen solchen Ausfall heftig kritisiert, fehlte es weiterhin am dringend nötigen Nachschub. Zudem befanden sich viele seiner Soldaten in einem erbärmlichen Kräftezustand.

Während den Russen stetig weitere frische Reserven zugeführt wurden, verbluteten, erfroren und verhungerten zigtausende Männer der 6. Armee, eingekesselt von einer Million Rotarmisten, in der Schicksalsschlacht um Stalingrad.

ERSTES KAPITEL

24. Dezember 1942, Stalingrad.

Heiligabend in der Hölle.

Kälte, Schnee, Eis, Blut und Tod. Überall. Und dazu Hunger und Krankheit. Schlimmer konnte es nicht sein. Schlimmer konnte es nicht werden! Oder doch? Seit wie vielen Tagen saßen sie bereits hier eingekesselt im Fegefeuer?

Schütze Maximilian Steiner, Infanterieregiment 534, 384. Infanteriedivision, VIII. Armeekorps, wusste es nicht mehr zu sagen. Genauso wie seine Kameraden hatte er längst aufgehört zu zählen. Mathematik gehörte in eine andere, in eine friedliche Welt. Hier, mitten im Krieg, wurde die Rechenkunst nur benutzt, um täglich die eigenen Toten und Verwundeten und soweit wie möglich auch die Feindverluste festzuhalten.

Die Lage der 6. Armee unter dem Oberbefehl von Generaloberst Friedrich Paulus war nahezu aussichtslos. Der Kessel, in dem sie feststeckten, umfasste 1.500 Quadratkilometer, dehnte sich mit einer Länge von 60 Kilometer, einer Breite von 37 Kilometer und einem Umfang von 171 Kilometer aus.

Sie alle waren verloren. Jeder wusste es. Aber die Hoffnung starb zuletzt. Das hatte man ihnen immer und immer wieder eingebläut. Und vielleicht war das auch gut so.

Max erinnerte sich noch genau daran, welches Hochgefühl sich in ihm breitgemacht hatte, als er erstmals die Silhouette der russischen Industriestadt erblickt hatte, die sich 40 Kilometer an der Wolga entlangzog. Als erstes waren die Fördertürme und Fabrikschlote zu sehen gewesen, schließlich die Hochhäuser und dann die Zwiebeltürme der Kathedralen. Endlich hatten sie ihr Ziel erreicht: Die Stadt, die den Namen des verhassten Erzfeindes Stalin trug, lag sprichwörtlich zu ihren Füßen.

Doch schnell hatte sich die Euphorie ins Gegenteil verwandelt. Nach und nach wurde jedem bewusst, dass Stalingrad zu einem eisigen Grab werden konnte. Selbst, wenn es innerhalb der Truppe nicht zugegeben wurde, verfehlte auch die Feindpropaganda ihre Wirkung nicht. Oft stundenlang verkündeten die Russen über Lautsprecher ihren demoralisierenden Spruch: »Alle sieben Sekunden stirbt ein deutscher Soldat. Stalingrad –

Massengrab«, gefolgt vom monotonen Ticken einer Uhr. Ebenso wurde das infernalische Geheul der »Stalin-Orgeln«, den Katjuschas, eingespielt, um Furcht und Schrecken zu verbreiten.

Die Lage, in der sie sich die Deutschen befanden, war gelinde gesagt, hundsmiserabel. Die ewige Durchhalteparole, die die Vorgesetzten verbreiteten »Drum haltet aus, der Führer haut uns raus« glaubte niemand mehr. Nicht einmal die überzeugtesten Nationalsozialisten unter ihnen.

Die Wahrheit war, dass die Truppen schon seit Wochen ohne Ablösung unter dem Hagel der Bomben und Salvengeschütze des Iwans im Dreck lagen. Verlaust, frierend und zu Tode erschöpft. Eingehüllt vom unendlich erscheinenden Geschosshagel der russischen Artillerie und Granatwerfer. Oder wie die Fliegen abgeknipst von den feindlichen Scharfschützen, die wie Kletten an den Steilhängen im offenen Gelände festsaßen oder sich in den Trümmern der Ruinen eingenistet hatten. Hier im Kessel, wie andernorts, versank die Stadt immer mehr in Trümmern. Nur mühsam konnte die militärische Ordnung bei den Regiments- und Bataillonsstäben aufrechterhalten werden. Ebenso bei den Gefangenensammelstellen hinter der sich stetig verändernden Front.

Die meisten Landser jedoch fristeten ihr kümmerliches Dasein wie lichtscheue Asseln in irgendwelchen Bombentrichtern oder Kellerlöchern. Als einmal einer aus Steiners Zug das Wort »Weihnachtsurlaub« in den Mund nahm, hatten ihn die anderen ausgelacht, als wäre er debil. Und der Kompanieführer hatte ihm einen vernichtenden Blick zugeworfen, wobei jeder wusste, dass er ihm im Stillen beipflichtete.

Hinzu kam der Angst machende Umstand, dass die Russen über die eroberten Brückenköpfe am mächtigen Strom der Wolga, an dem längs die keilförmige Nordflanke der Front verlief, immer neuen Zuzug erhielten. Mit diesen frischen Kräften strengten sie vernichtende Gegenstöße gegen die verhassten Deutschen an und brachten deren zunehmend schrumpfenden Truppen hohe Verluste bei. Was folgte, war ein brutales Ringen um jedes Haus, um jeden Schützengraben, um jedes Erdloch, um jede Ruine. Mann gegen Mann mit aller Bestialität und Perversität des Abschlachtens, wie es so etwas nirgendwo sonst in diesem grausamsten Krieg der Menschheitsgeschichte gab. Und noch immer war kein Ende dieser Bluternte abzusehen.

Steiner hielt sich an diesem, wie er vermutete, letzten Heiligen Abend seines Lebens, in einem der großen Keller eines ausgebombten Kaufhauses auf. Nicht etwa, weil er selbst verwundet war, sondern um nach einem Kameraden und Freund aus Jugendtagen, der mit ihm als Schütze in derselben Division der 6. Armee diente, zu schauen.

Der Keller war eiligst als Notlazarett hergerichtet worden, glich jedoch eher einem völlig überbelegten, schmutzigen, in Blut und Exkrementen getauchten Schlachthaus.

Julius Hedrich, so der Name des Kameraden, den Steiner suchte, stammte ebenfalls, wie er selbst, aus Berlin. Mit seinen 24 Jahren war er ein Jahr jünger. Gemeinsam hatten sie völlig euphorisch und von der stetigen Kriegspropaganda Joseph Goebbels, des Reichsministers für Volksaufklärung und Propaganda, geradezu trunken, den langen Marsch nach Russland angetreten. Wie Millionen anderer Männer waren sie losgezogen, um den bolschewistischen Erzfeind vernichtend zu schlagen. Allerdings nicht als überzeugte Nationalsozialisten, sondern als heimatverbundene Patrioten. War der Feind innerhalb seiner eigenen Landesgrenzen erstmal besiegt, stellte er für das deutsche Vaterland keine Gefahr mehr dar. So dachten sie und so handelten sie und dafür ließen sie alles in der Heimat zurück: Ihre Familien, ihre Freunde und ihre Berufe.

Max arbeitete nach der höheren Schule als Journalist bei einer Berliner Zeitung, die freilich ebenso wie alle anderen »gleichgeschaltet« worden war. Julius bezeichnete ihn scherzend als »Schreiberling«, während er selbst als gewöhnlicher Arbeiter in der Eisen- und Metallerzeugung schuftete. Sein Betrieb führte Rüstungsaufträge für die Wehrmacht aus. In festen Händen waren beide nicht. Bislang hatte es nur zu kurzen Liebeleien gereicht, obwohl ihre Eltern gerne gesehen hätten, dass sie an langfristigen Beziehungen mit anständigen Mädchen, Heirat und Kinder interessiert wären.

Nie und nimmer hätten die beiden Freunde daran gedacht, dass sich der Marsch nach Russland als ein Weg in die Hölle herausstellen könnte. Erst, als sie in den Eingeweiden

Stalingrads lagen, jede Minute um ihr eigenes Überleben kämpfend, wurde ihnen die Blindheit ihres unkritischen und fast sklavenhaften Gefolges bewusst. Aber waren nicht alle Soldaten dieser Welt Sklaven ihrer Obrigkeit, die sie einsetzte und hinschickte, wo immer sie wollte? Ganz gleich, ob dieser Weg in einem Sieg oder in einer Niederlage endete? Im Weiterleben oder im Sterben? Letztlich war es stets der hundsgemeine Soldat, der kleine gewöhnliche Mann, der als Erstes auf der Strecke blieb. Denn für die Machtgier und die Fehler jener da oben zahlten zu jeder Zeit die da unten. Vor allem im Krieg. So war es schon seit Jahrtausenden und würde es auch weiterhin bleiben.

Es war eiskalt und stickig in diesem, nach Tod und Leid stinkendem Keller. Irgendwer sang leise das NS-Weihnachtslied »Hohe Nacht der klaren Sterne«[4], denn aus »Heilige Nacht« war die »Hohe Nacht« geworden.

Hohe Nacht der klaren Sterne,
die wie weite Brücken stehen
über einer tiefen Ferne,
drüber unsre Herzen gehen.

Steiner musste sich regelrecht einen Weg durch die eng nebeneinander auf dem Boden liegenden zerfetzten, blutenden, röchelnden, wimmernden oder schreienden Verwundeten bahnen. Ihre knöchernen, von Ruß und Dreck geschwärzten Gesichter erinnerten an alptraumhafte Fratzen aus mittelalterlichen Schauerkabinetten.

Hohe Nacht mit großen Feuern,
die auf allen Bergen sind,
heut' muss sich die Erd' erneuern
wie ein junggeboren Kind.

Die Schwer- und Leichtverletzten lagen gemischt darnieder wie bei einer grausigen Schaufensterauslage in der Hölle. Über ihnen waberte eine Wolke aus Eiter, Schweiß, Fäkalien und Blutgeruch, die sich klebrig an Steiners Gaumen festsaugte, so

---

[4] Vgl. Tillmann Bendikoski: Hitler Wetter – das ganz normale Leben in der Diktatur: Die Deutschen und das Dritte Reich 1938/39, München 2022, S. 36

dass er gezwungen war, durch den offenstehenden Mund zu atmen.

Mütter, euch sind alle Feuer,
alle Sterne aufgestellt;
Mütter, tief in euren Herzen
schlägt das Herz der weiten Welt.

Hinten, an der Wand des Untergeschosses stapelten sich die Toten, aufeinandergeschichtet wie menschlicher Abfall, eingehüllt in die leisen Klänge des Weihnachtsliedes. Die Routine des Sterbens war hier allgegenwärtig.

Auf der Treppe daneben hockten die noch Gehfähigen. Einer von ihnen, mit einem dicken Verband aus Zellstoff um den Kopf, winkte.

Julius.

Beim Verteidigungskampf im Kessel war er von einem Schrapnell an der Stirn getroffen worden.

Der Kamerad war unschwer zu übersehen. Mit seinem massigen Körper, den breiten Schultern und dem mächtigen Brustkorb stach er aus der Gruppe der anderen Männer hervor. Seine Fettröllchen um den Bauch hatte er aufgrund des stetigen Hungers zwar eingebüßt, aber sein starker Knochenbau und die nur leicht geschrumpften Muskeln verliehen ihm nach wie vor das Aussehen eines Bären. Dazu passte seine tiefe, durchdringende Stimme. Das unterschied ihn von Max, der groß und sehnig war, mit langen, geschmeidigen Gliedern ausgestattet und deshalb zackiger und schneidiger wirkte. Auch dessen voller, blonder, nach Kommissart kurzgeschnittener Haarschopf stand im Gegensatz zu Julius lichtem, roten Haar.

Bevor Steiner die Treppe erreichte, musste er zwei Sanitätern ausweichen, die auf einer Trage einen wimmernden Mann in den Nebenkeller trugen, in dem ihn der völlig übermüdete Stabsarzt Dr. Wessel, sekundiert von seinem Assistenzarzt Dr. Knaus, operieren konnte. Ein Vorgang wie am Fließband, ohne ausreichende chirurgische Instrumente, ohne Betäubungsmittel und ohne Sterilisation im flackernden Petroleumlicht. Dabei füllten sich die Blecheimer mit blutigen Mullbinden, Fleischfetzen oder amputierten Gliedmaßen, die neben der provisorischen Werkbank standen, die als OP-Tisch diente. Jede Stunde mussten die Sanis die abgetrennten Körperteile draußen in den

Granatlöchern entsorgen. Dort gefroren die Überreste sofort, um bei besserem Wetter mit höheren Temperaturen wieder aufzutauen und endgültig zu verfaulen. Konservierte Überbleibsel deutscher Landser vergammelten dann zu stinkendem Aas.

Endlich erreichte Steiner seinen Kumpel, der sich inzwischen erhoben hatte. Die beiden Kameraden schlugen sich gegenseitig auf die Schultern.

»Na, wie geht's dir, altes Haus?« Max grinste erleichtert, hatte er sein Gegenüber doch in einem weitaus schlimmeren Zustand erwartet.

»Unkraut vergeht nicht«, antwortete der Angesprochene mit der weitläufig bekannten Floskel, ehe er präzisierte. »Das Schrapnell hat mich zum Glück nur gestreift. Außer einer tiefen Schramme habe ich nichts abgekriegt. Dennoch will Dr. Knaus den Verband noch einmal wechseln. Dann gehe ich wieder nach oben.«

Mit »oben« meinte Julius das Obergeschoss des, von den Deutschen besetzten, ausgebrannten Kaufhauses, dessen Namen keiner kannte. Seit Tagen lieferten sie sich dort ungeheure harte und erbarmungslose Kämpfe mit dem Feind.

Steiner nickte. Dann wurde es schon wieder Zeit, auf seinen Gefechtsposten zurückzukehren. Ohnehin war der kleine Abstecher ins Notlazarett nur möglich gewesen, weil er sich am »Schinderhannes« vorbeigeschlichen hatte.

Leutnant Armin Wolff, wie dieser eigentlich hieß, hatte nichts für Sentimentalitäten oder Freundschaften übrig. Vielleicht, weil er selbst keine solchen besaß und auch keine Bekanntschaften hatte. Dennoch war es Max ein inneres Anliegen gewesen, nach seinem verletzten Kameraden zu sehen.

Die beiden Freunde nickten sich zu. Danach wandte sich Steiner um, passierte das Spalier der Verdammten, erreichte die gegenüberliegende Treppe und stieg die Stufen hinauf. Als er oben ankam, schnitt ihm der durch die Halle wehende eisige Wind wie tausend Messerklingen ins Gesicht. Das Licht des trüben Wintertages, das mühsam durch die Wolkenschicht drang und durch die Löcher und Ritzen des teilweise zerstörten Daches hereinfiel, wirkte irgendwie körnig und düster, als würde bereits der Abend anbrechen.

Geduckt rannte Steiner zu Oskar Grosspel hinüber, der sich in der Nähe des Einganges hinter zuvor errichteten Barrikaden verschanzt hatte. In einem Abstand von jeweils mehreren Metern lagen die Schützen ebenfalls in Deckung, um die Feuerstöße der Sowjets zu erwidern, die das Kaufhaus eindeckten und immer massiver wurden. Irgendwo unter ihnen befand sich auch der »Schinderhannes.«

Der Boden der Eingangshalle war von Bombentrichtern und Granateinschlägen vernarbt. Die teilweise runden oder gezackten Krater gähnten im Untergrund. Überall lagen Schutt und Trümmersteine herum, als hätte die Faust eines Riesen den Unrat wahllos verstreut. Von den Fenstern auf der Straßenseite waren nur noch Brüche übrig, die Außen- und Innenwände mit unzähligen Splittern beschädigt.

Da der feindliche Beschuss sich nun auf Steiners Stellung konzentrierte, konnten er und sein Kamerad von Glück sagen, bislang nicht getroffen worden zu sein. Das Rattern der gegnerischen Maschinenpistolen PPSch-41 schien nicht enden zu wollen.

»Wir können hier nicht bleiben, Grosspel!«, brüllte er über den Schusslärm hinweg. Der Angerufene sah das ebenso. Fast synchron sprangen sie auf, wollten, schmutzigen und ausgemergelten Schatten gleich, zu einem mannshohen Schutthaufen hinüberhuschen, der fernab vom Kreuzfeuer des Gegners lag.

Auf dem Weg dorthin sirrten Geschosse und Querschläger um sie herum. Für einen klitzekleinen Moment, der mitunter jedoch über Leben und Tod entscheiden konnte, verlor Grosspel in dem ganzen Chaos die Orientierung, stolperte dabei direkt in einen großen Bombenkrater hinein.

Steiner, der die trichterförmige Erdkuhle, die durch den Auswurf von Material bei der Detonation eines Explosivkörpers entstanden war, umrunden wollte, verhielt mitten im Lauf. Ohne nachzudenken, warf er sich zu Boden. Die Feuersalven schienen nun weit weg zu sein. Aber das war sicher nur eine Sinnestäuschung. Als er über den Rand des Kraters starrte, entdeckte er den Kameraden etwa zwei Meter unter sich rücklings auf dem aufgerissenen Trichterboden liegend.

Steiners Annahme, dieser wäre aus Unachtsamkeit in den Granattrichter gestolpert, erwies sich als falsch. Vielmehr war Grosspel von hinten getroffen worden. Ein Schuss war nahe des Rückgrats durch das rechte Schulterblatt und seine Lunge gegangen und auf der linken Seite seines Oberkörpers, direkt über dem Herzen, wieder ausgetreten. Blut und Luftbläschen blubberten aus seinem halb geöffneten Mund.

Keine Frage, für ihn war dieser sinnlose Krieg zu Ende. Da nützte es auch nichts, dass Stabsarzt Dr. Wessel und sein Assistent Dr. Knaus sich irgendwo unter ihnen im Keller befanden, um andere Männer zu retten. Selbst wenn es Max gelingen sollte, Grosspel aus dem Granattrichter zu holen, wäre dieser schon tot, bevor er auf deren provisorischen Operationstisch liegen würde.

»Mit mir ... geht es ... zu Ende ... nicht wahr ... Steiner ...«

Die Worte des sterbenden Kameraden kamen stockend über die mit blutigem Schaum verklebten Lippen. »Das ... war's für mich ... in diesem Scheißkrieg ...«

Bevor der Angesprochene etwas darauf erwidern konnte, setzte Oskar Grosspel zu einem letzten pfeifenden Stöhnen an, während sich seine Hose mit herausfließendem Darminhalt verfärbte.

Dann war es vorbei.

Ein gewiss alles andere als ruhmvoller Tod eines tapferen Soldaten, der für den Führer gekämpft hatte. Wie Millionen vor und sicher auch noch nach ihm. Das Todeskarussell war nicht zu stoppen. Einmal in Fahrt, drehte es sich unaufhörlich weiter. Solange, bis die Zahl der Gefallenen ins Unendliche stieg, oder es den erhofften Frieden gab.

Max Steiner hatte schon zahlreiche andere Kameraden sterben sehen. Vor allem in der Blutmühle von Stalingrad. Aber niemals konnte er sich daran gewöhnen. Dauerte das eigentliche Leben viele Jahrzehnte lang, konnte es mit einem sekundenkurzen Fingerschnippen des launischen Sensenmannes wieder enden.

Dennoch hatten all die grausigen Erfahrungen im Rauch und in den Flammen der Schlachten, die Steiner bislang durchlebt hatte, seinen eigenen Überlebenswillen gestählt. Er wollte keinesfalls mit zerschossener Lunge oder mit einem, von einem

Granatsplitter aufgerissenen Bauch in den Ruinen von Stalingrad krepieren.

Und doch sah alles danach aus ...

Steiner wandte sich vom Anblick des toten Grosspel ab, kam wieder auf die Beine und rannte zu dem Trümmerhaufen hinüber. Als er dahinter in Deckung lag, verebbten die Feuerstöße auf beiden Seiten abrupt. So, als hätte urplötzlich jemand einfach einen Schalter umgelegt. Die darauffolgende Stille, die nur ab und an von einem Stöhnen oder Husten unterbrochen wurde, mutete geradezu gespenstisch an.

Nach fünf Minuten war klar, dass es sich um eine gegenseitige Feuerpause handelte, die zwar nicht abgesprochen aber dennoch beiderseits eingehalten wurde. Die Verletzten mussten versorgt, die Gefallenen geborgen und irgendwann auch ausgeruht und Essen gefasst werden. Jedenfalls den kümmerlichen Fraß, den man auf deutscher Seite noch als Mahlzeit bezeichnen konnte.

Zufällig hatte Steiner von einem Gespräch zwischen einem Obersten und dem Quartiermeister bezüglich der ohnehin schon kümmerlichen Luftversorgung erfahren, die aufgrund der Schneestürme nicht mehr möglich war. Es fehlte eigentlich an allem, insbesondere an Brot, Aufstrich, Konserven, Getränken, Mehl, Zucker, Salz. Selbst die Futterkonserven für die Pferde waren knapp, deren Bestand bereits drastisch gesunken war und lediglich noch 40.000 betrug. Aus der Not heraus wurden 4.000 Pferde der rumänischen Kavallerie-Division geschlachtet, die zuvor an Futtermangel eingegangen waren.

Jetzt lag die Tagesration für jeden Landser bei gerade Mal 100 Gramm Brot, was zwei Schnitten entsprach. Dazu gab es zwei Tassen Kräutertee oder Malzkaffee und eine dünne Suppe, von der in der Regel erst die Eisschicht entfernt werden musste, bevor sie geschlürft werden konnte, so kalt war sie. Alles in allem bedeutete dies eine seit vielen Tagen anhaltende Unterernährung der Truppe. Demzufolge übertrafen mancherorts die an Hunger entkräfteten Männer schon die Zahl der Verwundeten. Hinzu kamen jene in den Bunkern, Gräben und provisorischen Verbandsplätzen, die wegen körperlicher Schwäche nicht mal mehr auf den eigenen Beinen stehen konnten.

Durch diesen unzureichenden Nachschub, sowie der herrschenden Eiseskälte, ließ die Kampfkraft der eingeschlossenen Truppen rasant nach.

Ganz anders beim Feind. Wegen der heftigen Schneefälle setzte er außerhalb des Kessels die schweren Kliment-Woroschilow-Panzerwagen als Schneepflüge ein, denen leichtere Panzerwagen folgten. Trotz des Wetters kam die feindliche Offensive nirgends zum Stillstand.

Ohne Unterlass rannten die mitunter frisch ausgetauschten Einheiten der 62. sowjetischen Armee gegen die Ausgezehrten in den zusehends abbröckelnden deutschen Stellungen an. Etwa in den Werken Roter Oktober und Rote Barrikaden. Das erstgenannte fiel im Morgengrauen des 24. Dezember 1942 in dem, mit Flammenwerfern unterstützten, Sturm der 39. sowjetischen Gardedivision von Generalmajor Gurjew.

Trotz alles Haderns, Unkens und Nörgelns auf deutscher Seite, kamen an diesem Heiligen Abend 1942 wenigstens ein paar wenige Offiziere und Landser in den Genuss eines »Festessens«, das aus Königsberger Klopsen aus Pferdefleisch und etwas Weißkohl bestand. Auch wenn es nur Mini-Portionen waren. Steiner und Hedrich, der inzwischen aus dem Notlazarett in den Gefechtsstand zurückgekehrt war, gehörten ebenfalls zu jenen Glücklichen.

Die erste Wachschicht der Schützen hatte sich zum Essenfassen an eine, dem Eingang abgewandten Stelle versammelt. Allesamt schlotterten sie mit klappernden Zähnen aufgrund der tiefen Temperaturen und mangels ausreichender Winterbekleidung um die Wette. Kaum einer, der nicht an Erfrierungserscheinungen litt.

Außerhalb des Kaufhauses hatten die Russen, gut sichtbar, Weihnachtsbäume aufgestellt. Ein Tonwagen der Roten Armee spielte deutsche Weihnachtslieder, nur unterbrochen von einer deutschen Stimme mit starkem Akzent: »Kommt rüber! Ihr wollt doch gesund nach Hause?« Der verfluchte Iwan konnte seine psychologische Kriegsführungs-Propaganda selbst an den Festtagen nicht lassen.

Die Landser ignorierten das Tamtam. Vielmehr stellte ein Obergefreiter das Kurzwellenradio lauter, um die Ringsendung des Großdeutschen Rundfunks, unterbaut mit festlicher

Musik und Glockengeläut von heimatlichen Kirchen, zu übertragen.

»Vom Eismeerhafen bis nach Afrika. Die Grüße von der Front zur Heimat über 50.000 Kilometer. Ich rufe Stalingrad ...«

»So gut habe ich seit Muttchen nicht mehr gegessen«, meinte Julius zwischen ein paar Bissen hindurch, den Lärm hüben und drüben ignorierend. »Auch wenn die Buletten kleiner als verfluchte Spatzeneier sind.« Er tauchte die winzigen Klopse in die weiße Tunke aus Mehlschwitze und Essig ein, um sie danach unzerkaut zu schlucken.

Max grinste. Jedenfalls mangelte es seinem Kameraden trotz der Leichtverletzung nicht an Humor.

»Über was amüsieren Sie sich denn, Steiner?«

Die laute, schneidende Stimme von Leutnant Wolff klang so unvermittelt auf, dass die versammelten Landser unwillkürlich zusammenzuckten. Wie ein Gespenst aus dem Nichts tauchte der »Schinderhannes« hinter ihnen aus den Trümmern auf. Er war ein Mann mittleren Alters, untersetzt und kahlköpfig. Seine etwas hervorquellenden Froschaugen, denen nichts zu entgehen schien, waren immer in Bewegung.

Der Angesprochene schwieg, was wiederum zur Verärgerung seines Vorgesetzten führte.

»Amüsieren Sie sich über das Weihnachtsessen, Steiner? Sie sind wohl besseres gewöhnt und vor allem einen volleren Teller, nicht wahr? Oder warten Sie etwa auf den Nachschlag, während in den umliegenden Ruinen ihre Kameraden verhungern?«

Steiner, der sich wie die anderen erhoben hatte, schüttelte den Kopf. »Nichts von alledem, Herr Leutnant.«

»Sie können dankbar sein, dass es heute am Weihnachtsabend wenigstens ein wenig Pferdefleisch gibt«, ereiferte sich Wolff weiter. »Auch wenn der Iwan drüben wohl eifrig seine Schaschlik-Spieße dreht. Aber wenn es Ihnen nicht passt, was Sie hier auf dem Teller haben, dann können Sie ja mal rübergehen und dort Essen fassen. Wie wäre das?«

»Ich bin zufrieden und dankbar was ich habe, Herr Leutnant«, leierte Steiner seinen Spruch herunter, um diese völlig unangemessene Scharade nicht ausarten zu lassen. Denn darauf wartete der Sadist nur, während im Keller unter seinen Füßen weitere Männer verbluteten oder starben.

»Was Sie nicht sagen, Steiner ...«

Die ohrenbetäubenden Schussdetonationen, die plötzlich durch die Halle krachten, zeigten an, dass die Feuerpause beendet und das Gefecht fortgeführt wurde.

Die Russen schienen neue Waffen geliefert bekommen zu haben, denn unter die Gewehrsalven mischten sich nun auch dröhnende Abschüsse von Geschützen.

Wolff trieb seine Männer zum Gefechtsstand hinüber.

Pfeifend zerrissen Granaten die vibrierende Luft, um gleich darauf in dumpfe Einschläge überzugehen, vermischt mit den Schmerzensschreien jener Kameraden, die sich am Eingang des Kaufhauses befanden.

Das Sterben ging in eine nächste Runde.

Selbst die einfachen Soldaten der zusammengeschrumpften 6. Armee ahnten, dass ihre Lage mehr als aussichtslos war. Wie aussichtslos allerdings, das blieb ihnen in jenen Tagen verschlossen. Ihre Vorgesetzten verkündeten lediglich Durchhalteparolen um die, ohnehin schon stark gesunkene, Moral nicht noch weiter herabzusetzen.

Derweil war man sich im Führungsstab bewusst darüber, dass das Schicksal der 6. Armee geradezu besiegelt war. Genauso teilte es Generaloberst Friedrich Paulus seinem Adjutanten Generalmajor Claus von Lüttwitz mit, mit dem er sich in seinem neuen Gefechtsstand in der Nähe vom Bahnhof Gumrak befand.

»Momentan befinden sich von unseren 230.000 Mann etwa 40.000 im Kampfeinsatz«, führte dieser soeben aus. »Beinahe 200.000 hingegen sitzen unverschuldet untätig herum. Der Grund dafür ist, dass die Fahrer ihre LKW nicht mit Benzin auftanken können, den Kanonieren Munition für ihre Geschütze fehlt, den Reiterstaffeln die Pferde, die längst verendet oder verspeist sind und den Nachschubdiensten ihre Lager, die nicht mehr existieren.

»Wem sagen Sie das. Dabei wird sich die ohnehin schon äußerst schwierige Situation noch verschlimmern!«, prophezeite Paulus mit Bitterkeit in der Stimme. »Die Russen haben die

Luftblockade weiter verstärkt, so dass die Luftversorgung immer unmöglicher wird. Alleine heute wurden sieben Transportflugzeuge abgeschossen. Die pausenlosen und vor allem nachts durchgeführten Störangriffe der Po-2-Doppeldecker mit MG-Feuer und Sprengbomben auf unsere startenden und landenden Maschinen, demoralisieren die Truppe.« Paulus hielt kurz inne. »Aber nicht nur das, denn inzwischen lässt General Nowikow, der Chef der Roten Luftflotte, rund um den Kessel Scheinflughäfen errichten. Dabei arbeiten ihre Funkfeuer auf deutschen Frequenzen.«

Von Lüttwitz zog fragend die Augenbrauen hoch, blieb jedoch stumm. Dafür fuhr Paulus mit seinen Erläuterungen fort.

»Mit diesen Scheinflughäfen locken die Russen vollbeladene Ju 52 an, um sie dann zu übernehmen. Ziemlich raffiniert. Dementsprechend werden wir dem inneren Zerfall und dem äußeren Druck nicht mehr lange standhalten können.«

»Erwägen der Herr Generaloberst eine Kapitulation?«

Paulus zuckte nur die Schultern.

»Aber der Führer wäre außer sich ...«

»Hitler ist über zweitausend Kilometer Luftlinie von Stalingrad entfernt«, entgegnete der Offizier, der bislang dem Oberbefehlshaber der Wehrmacht trotz dessen unsinniger Durchhalteparolen unbedingten Gehorsam geschuldet hatte. »Hier wird die Lage jedoch von Tag zu Tag schwieriger. Mit unseren völlig ausgezehrten Truppen können wir einer vierfach überlegenen, zumeist aus frisch zugeführten Einheiten bestehenden Feindarmee nicht mehr lange standhalten.«

Plötzlich drang von draußen lautes Brüllen und Rufen in den Gefechtsstand herein. Da dieser nachgeordnete Frontabschnitt derzeit nicht im Feindfeuer lag, war der Lärm besonders gut zu hören. Paulus schickte seinen Adjutanten zum Nachsehen hinaus.

Als Claus von Lüttwitz gleich darauf zurückkam, machte er einen verwirrten Eindruck. Sein hageres Gesicht schien noch bleicher als zuvor. In seinen Augen flackerten Angst und Irritation.

Paulus glaubte schon, der Russe wäre im Stabsquartier eingefallen. »Was ist los mit Ihnen? Haben Sie den Teufel gesehen?«, herrschte er seinen Adjutanten barscher als beabsichtigt an.

Es dauerte fünf weitere Sekunden, bis der Generalmajor eine Antwort geben konnte, so konfus war er.

»Ich ... ich ...« Er unterbrach sich jäh, um neu anzusetzen. »Das müssen Sie mit eigenen Augen sehen, Herr Generaloberst!«

Friedrich Paulus, genervt von dem seltsamen Verhalten seines Adjutanten, das diesem überhaupt nicht ähnlich sah, aber dennoch neugierig geworden, folgte ihm nach draußen.

Von Lüttwitz deutete mit zitterndem Zeigefinger nach oben.

Als der Oberbefehlshaber der 6. Armee mit zusammengekniffenen Augen in den Himmel starrte, entdeckte er keineswegs feindliche Bomber oder Jäger, sondern etwas ganz anderes.

Etwas, das ihn wahrhaftig an seinem Verstand zweifeln ließ!

Fast zeitgleich und wie flammende Blitze tauchten die unbekannten Flugobjekte aus der Schwärze des unendlichen Weltraums auf. Überwiegend in der östlichen Hemisphäre, die durch den Nullmeridian und dem Längengrad 180, der ungefähr der Datumsgrenze entsprach, von der westlichen Erdhalbkugel getrennt wurde. Diese umfasste die sogenannte Neue Welt mit dem Doppelkontinent Amerika und den umliegenden Inseln der Karibik. Im Gegensatz dazu stand die östliche Hemisphäre, zu jener der Großteil Europas und Asien zählte.

Nichts hatte die fremden Objekte angekündigt. Nicht einmal der winzigste Lichtstrahl, der leiseste Schimmer, der spärlichste Funke. Und kein Teleskop auf Erden hatte sie zuvor entdeckt, so als ob sie einfach im Orbit des hiesigen Planeten materialisiert wären. Vielleicht war gerade das die einleuchtende Erklärung aller Vermutungen und Theorien, die schnell die Runde machte. Die fremden Gebilde erschienen jedoch nicht nur über den Heimatländern der Kriegsteilnehmer, sondern ebenso über den besetzten Gebieten und selbst den Kolonien, die in der östlichen Hemisphäre lagen.

Das jedenfalls war eindeutig festzustellen, als sich die Flugobjekte urplötzlich in der Erdumlaufbahn befanden. Denn dort konnten sie von den deutschen und alliierten Radarsystemen geortet werden.

Allerdings konnte sich kein Staatenlenker, kein Politiker, kein Militär und auch kein Astronom erklären, was da wirklich aus den Tiefen des Alls aufgetaucht war.

Dass es sich um unbekannte Raumschiffe handeln musste, schien hingegen festzustehen. Und noch mehr, als die seltsamen Objekte der »Fulguren, wie die fremden Eindringlinge später in Anlehnung an das lateinische Wort für »Blitz« genannt wurden, sich in einer militärischen Ordnung formierten.

In diesen Stunden liefen die Drähte zwischen den europäischen Hauptstädten heiß. Ganz gleich, ob besetzt oder nicht besetzt, ob Kriegsteilnehmer oder nicht, ob Feind, Freund oder Verbündeter – überall wurde von höchster Stelle versichert, nichts mit der fremden Flotte zu tun zu haben.

Demzufolge stiegen die Abfangjäger aus dem Großdeutschen Reich, der Sowjetunion und sogar Großbritanniens auf. Nicht etwa, um sich der Armada entgegenzustellen, sondern zu verdeutlichen, dass man auf alle Eventualitäten vorbereitet war.

Währenddessen versuchten die militärischen Hauptquartiere, Funkkontakt zu den Raumschiffen herzustellen, um herauszufinden, woher die Fremden kamen und was sie im Schilde führten. Allerdings ohne Erfolg. Und natürlich wollten auch die Menschen auf der Erde wissen, über deren Häuser diese seltsamen Gebilde schwebten, was sie davon zu halten hatten, und ob sie einer unmittelbaren Gefahr ausgesetzt waren. Schließlich litten sie durch die katastrophalen Folgen des, bereits drei Jahre andauernden Krieges schon mehr als genug.

Da die Erdenbürger allesamt in der östlichen Hemisphäre betroffen waren, ob jung oder alt, reich oder arm, Mann, Frau oder Kind, entstand so etwas wie eine heimliche und zweckdienliche Solidarität untereinander. Das registrierte sehr wohl auch in Deutschland das Reichsministerium für Volksaufklärung und Propaganda unter Joseph Goebbels, das längst für die Lenkung von Presse, Rundfunk und Film und des sonstigen Kulturschaffens verantwortlich war. Demzufolge versuchte der geborene Demagoge, der mit seiner einnehmenden Rhetorik Hitler in nichts nachstand sowie mit Nutzung moderner Technik das deutsche Volk daheim und die Soldaten an den länderübergreifenden Fronten davon zu überzeugen, dass der Führer buchstäblich alles im Griff hätte. Allerdings war das eine glatte Lüge. Keiner der höchsten Repräsentanten des Dritten Reiches beherrschte diese neue Lage. Es fehlte einfach an Informationen, mit was und wem man es bezüglich der Flugobjekte wirklich zu tun hatte.

Hermann Göring, Oberbefehlshaber der Luftwaffe, wollte diese Frage mit Gewalt lösen und die Jagdgeschwader seiner Luftflotten gegen die Fremden losschicken. Doch Hitler stoppte ihn aus gutem Grund, denn die Kampffähigkeit seiner Heere, mit denen er in Blitzkriegen Polen, Dänemark, Norwegen, Belgien, die Niederlande, Luxemburg, und Frankreich erobert hatte, war geschwächt. Vor allem an der Ostfront. Deshalb wollte der Führer das Problem mit den Flugobjekten zunächst friedlich angehen, um nicht einen weiteren Kriegsschauplatz zu eröffnen. Erst viel später sollte über Hitlers Zögern offen diskutiert und spekuliert werden.

Tatsache jedenfalls war, dass die Fremden keineswegs in Frieden kamen. Vielmehr entpuppten sie sich als die schlimmsten Kriegsagitatoren, die die Welt je gesehen hatte.

Urplötzlich brach buchstäblich das apokalyptische Chaos herein, das die Erde für immer nachhaltig veränderte. Das Unheil, das die Menschheit dabei heimsuchte, war noch fürchterlicher und folgenschwerer als die bisherigen Auswirkungen des Zweiten Weltkriegs, des Großen Vaterländischen Krieges, wie ihn die Russen nannten.

ZWEITES KAPITEL

Wie kleine Sonnen, hellgleißend und eingehüllt in eine Flammenkorona, standen die unzähligen Flugobjekte, am Firmament über Stalingrad. Die Hitze, die sie ausstrahlten, vertrieben die Wolken und ließen den Nebel geradezu verdunsten. Da, wo diese seltsam geformten Gebilde sichtbar wurden, schimmerte ein eisigkalter, azurblauer Himmel.

Die Formen der einzelnen Raumschiffe, denn um solche musste es sich zwangsläufig handeln, eine andere Erklärung gab es nicht, zeichneten sich schattenhaft hinter dem gleißenden Korona-Schutzfeld ab: zwei ineinander verschlungene Ellipsen mit einem Gesamtdurchmesser von gut und gerne dreihundert Metern.

Generaloberst Friedrich Paulus und Generalmajor Claus von Lüttwitz starrten genauso wie die deutschen, aber auch die sowjetischen Soldaten gebannt und beinahe atemlos in den aufgerissenen Himmel. In ihren Blicken standen Erstaunen, mitunter jedoch Furcht vor dieser urplötzlich aufgetauchten Flotte, von der jeder zunächst vermutet hatte, dass es sich um neue Flugsysteme des Feindes handelte. Doch sie täuschten sich. Diese Gefahr aus dem Weltraum betraf sie allesamt und gemeinsam!

Völlig lautlos schwebte der sich bis zum Horizont ziehende, metallene Mikro-Sonnenteppich aus Abertausenden Raumschiffen über die Wolga bis zur Mündung am Kaspischen Meer. Sonst geschah nichts, außer, dass sämtliche Kampfhandlungen in und um Stalingrad eingestellt worden waren. Denn jeder, ob einfacher Landser, Offizier oder Rotarmist, begriff, dass sich momentan etwas ereignete, was den eigenen Gedankenhorizont bei Weitem überschritt – etwas Historisches!

Die Totenstille, die die Ostfront heimgesucht hatte, in der jegliches Geschützfeuer, Salven von Gewehr- oder Maschinenpistolen verstummt war, lastete schwer auf den Gemütern der Militärs, aber auch der einheimischen Zivilisten. Denn niemand wusste mit der unbekannten Bedrohung umzugehen und gleich gar nicht, was von dieser noch zu erwarten war. Die Furcht jedenfalls war groß, übertraf jene vor dem »menschlichen« Feind hüben und drüben bei Weitem.

Generalfeldmarschall Erich von Manstein, Oberbefehlshaber der Heeresgruppe Don, blieb diesbezüglich in engem Funkkontakt mit dem eingeschlossenen Generalobersten Paulus sowie den verbündeten rumänischen Generälen. Auf der anderen Seite Generaloberst Schukow mit seinen Kommandeuren.

Natürlich hatten sich ebenso die verfeindeten Führungsstäbe untereinander bezüglich der über der Stadt und der Kalmückensteppe schwebenden Flugobjekte ausgetauscht. Dabei hatten sie sich erneut gegenseitig versichert, nichts damit zu tun zu haben. Derweil kamen auch aus Moskau und Berlin dieselben Beteuerungen und Rückmeldungen. Dennoch herrschte in den unterschiedlichen Oberkommandos Uneinigkeit und tiefstes Misstrauen der anderen Seite gegenüber.

Insofern verstrich, für die einfachen Soldaten, der Rest des Heiligen Abends so friedlich wie kein anderer Tag zuvor, seit in Stalingrad gekämpft wurde.

Aber das sollte lediglich die Ruhe vor dem sprichwörtlichen Sturm aus Blut, Tod und Leid sein.

Als die Christnacht in den ersten Weihnachtstag überging, standen Max Steiner und Julius Hedrich auf Wachposten ihres Gefechtsstandes im beinahe vollständig zerstörten Kaufhaus.

Alles war ruhig. Immer wieder blickten sie zu den wie riesige Glühwürmchen anmutenden Flugobjekten am dunklen Firmament hinauf, ohne freilich die unmittelbare Umgebung außer Acht zu lassen. Sie konnten sogar die einige hundert Meter gegenüber befindlichen Wachen der Russen sehen, die ebenfalls patrouillierten. Doch seit die hellstrahlenden Gebilde zu Tausenden über weite Regionen der Erde aufgetaucht waren, schwiegen die Waffen.

Längst hatten sich natürlich auch Max und Julius über diese neue Situation ausgetauscht. Jedenfalls hatte sich dadurch die in Stalingrad herrschende Atmosphäre aus Tod und Leid um etwas Unheimliches angereichert. Wie sonst sollte man jenes bezeichnen, das so unfassbar und namenlos war?

»Hattest du in letzter Zeit mal wieder einen prophetischen Traum?«, fragte Steiner seinen Jugendfreund, um das Thema zu wechseln. Tatsächlich wurde Julius öfters von solchen heimgesucht, was er dann auch zum Besten gab. So hatte er gar den Beginn des Krieges vorhergesehen und selbst den Grund dafür, wie dieser ausgelöst wurde. Nämlich durch den Kampf auf der Westerplatte in der Freien Stadt Danzig am 1. September 1939. Das war wahrlich beängstigend gewesen.

Bevor Julius eine Antwort gab, holte er tief Luft, um sie gleich darauf wieder durch die Nasenlöcher auszustoßen. In der eisigen Kälte stand der Atem wie eine Rauchwolke vor ihm.

»Ja – das habe ich«, meinte er dann etwas schwermütig.

»Und?«, wollte Steiner wissen, der wachsam neben ihm herging, wobei die Orientierung bezüglich der Umgebung durch das helle Licht, das die Flugobjekte am Himmel abgaben, nicht schwerfiel. Allerdings mussten sie darauf achten, in relativer Deckung zu bleiben, um keine allzu leichten Ziele für die feindlichen Scharfschützen abzugeben. Auch wenn die Waffen schwiegen, bestand nach wie vor das Risiko, dass der, stillschweigend vereinbarte Waffenstillstand ein- oder vielleicht sogar beidseitig wieder gebrochen wurde. Das wäre bestimmt nicht das erste Mal.

»Es wird dir nicht gefallen, mein Freund.«

»Herrgott noch mal, jetzt lass dir doch nicht jedes Wort einzeln aus der Nase ziehen!«

Julius reagierte auf den Gefühlsausbruch seines Kameraden nicht. Vielmehr schien er sich mit seinen Gedanken in jene bizarre Traumwelt zurückzuziehen, die alleine ihm zu eigen war.

»Stalingrad wird demnächst fallen«, verkündete er dann mutlos. »Die Reste unserer 6. Armee werden in den Trümmern dieser Stadt aufgrund von Hunger, Kälte, Seuchen und der unbedingten Waffenüberlegenheit der Roten Armee kapitulieren! Lediglich 110.000 Mann werden übrig bleiben und in Gefangenschaft gehen. Und davon nur 6.000 in die Heimat zurückkehren.«

»Rede keinen Unsinn!«, platzte es aus Steiner lauter als beabsichtigt hervor. Er hoffte, dass es niemand gehört hatte. Gleich gar nicht der »Schinderhannes«, der ihm dafür die Hölle heiß machen würde.

»Das ist kein Unsinn, Max!«, verteidigte sich Hedrich. »Du weißt, dass meine Wahrträume sich erfüllen.«

»Paulus wird niemals eine Gesamtkapitulation der 6. Armee aussprechen, weil der Führer das schon alleine vom Standpunkt der Ehre aus ablehnen wird.«

»Dennoch wird es so kommen! Der Kessel wird durch die von Westen und Osten vorstoßenden sowjetischen Verbände geteilt werden. Auch Paulus wird sich ergeben und in Gefangenschaft geraten. Genauso wie der Rest der 6. Armee.«

Steiner schüttelte den Kopf. »Nie und nimmer, mein Freund.«

Eine Weile stapften die beiden Kameraden wortlos auf ihrem Posten hin und her, jeder seinen eigenen Gedanken nachhängend.

»Und was ist mit diesen Flugobjekten?«, fragte Max dann unvermittelt.

»Was meinst du damit?«

»Hast du auch von ihnen geträumt?«

Hedrich verneinte.

»Aber wenn du anscheinend die zukünftigen Ereignisse voraussehen kannst, dann müssten sie doch eine Rolle darin spielen? Schließlich sind sie hier!«

Julius zuckte die Schultern. »Vielleicht verschwinden sie ja auch bis zur Kapitulation wieder.«

Steiner blickte zum wohl hundertsten Mal gen Himmel, an dem die Raumschiffe nach wie vor still und dadurch noch unheimlich wirkender, schwebten. Als ob es die sprichwörtliche Ruhe vor dem Sturm wäre.

»Ich glaube kaum, dass diese Objekte abziehen. Nun sind sie schon mal hier und werden es auch bleiben. Eventuell gibt es ja eine andere Erklärung für deinen letzten Traum.«

»Und die wäre?«

»Du täuschst dich einfach, mein Freund!«

Die unheimliche Waffenruhe, die in und um Stalingrad herrschte, wurde noch in derselben Nacht gebrochen. Nicht jedoch von den Deutschen oder den Russen – sondern von den Außerirdischen.

Ohne jegliche Vorwarnung entfesselten die Doppelellipsen-Raumer einen wahren Feuersturm! Ihre Geschütze spuckten beinahe gleichzeitig orangegleißende Strahlen aus, die aus einer nichtirdischen Energie bestanden. Stroboskopartige Flammenzungen zuckten über den Himmel und machten aus finsterster Nacht einen hellen Tag. Dadurch wirkten sämtliche Bewegungen am Boden geradezu abgehackt, ließen sie wie eine Abfolge von stehenden Bildern erscheinen.

Die Energiestrahlen, die in die wenigen noch nicht restlos zerstörten Gebäude der Stadt einschlugen, verwandelten sie sogleich in dampfende Ruinen. Getroffene Panzer und Panzerwagen, schwere Feldartillerie, Flieger- und Panzerabwehrkanonen zerschmolzen innerhalb eines Sekundenbruchteils zu grotesken Stahlklumpen zusammen. Die Besatzungen in den deutschen Panzern IV und ebenso in den robusten sowjetischen T-34 starben einen wahrhaft elendigen Tod. Die extreme Hitze setzte ihre Körper buchstäblich in Flammen, überzog sie mit einem Schmerz tausendfacher Potenz. Bruchteile von Sekunden zuvor jedoch platzte ihre bereits verkohlte brüchige Haut auf wie in einem heißen Topf vergessene Würstchen. Das rohe Fleisch begann zu kochen. Die aus den Höhlen herausquellenden Augen bestanden nur noch aus verflüssigten Glaskörpern, die verdampften. Muskelfleisch, Organe, Knochen und selbst die Zähne zerflossen zu einer ölig schimmernden, qualmenden und stinkenden Schlacke. Mehr blieb von den Panzerfahrern nicht übrig.

Dasselbe fürchterliche Schicksal wurde auch jenen Infanteristen und Zivilisten hüben und drüben der sich stetig verändernden Frontlinie zuteil, die es nicht rechtzeitig schafften, sich vor dem Energiebeschuss in Sicherheit zu bringen. Wie dunkle Lepraflecken hoben sich ihre zerschmolzenen Überreste von den zuvor bereits aufgerissenen und zerbombten Straßenbelägen ab. Ein wahrlich entsetzlicher Anblick.

Wer bislang geglaubt hatte, dass die Schlacht um Stalingrad in seiner Barbarei und Tötungseffizienz nicht zu übertreffen war, der wurde in diesen Minuten durch das Höllenfeuer der Fulguren-Raumschiffe eines Besseren belehrt.

Es herrschte einzig Tod und Zerstörung. Und zwar überall in der Stadt.

Grelle und heftige Explosionen aus dem Zentrum überschwemmten die Ruinen, gefolgt von unzähligen Detonationen in rascher Folge, die die Luft geradewegs zerrissen. Der Untergrund erzitterte wie unter einem mehrere Minuten anhaltenden Erdbeben. Die Umrisse der Gebäudeskelette schienen zu schwanken, als würde es sich um betrunkene Zeitgenossen handeln. Einige von ihnen stürzten vollends ein, begruben alles unter sich, ob lebend oder bereits tot.

Hier und da antworteten die schweren Flugabwehrkanonen der Deutschen und der Russen, die normalerweise hochfliegende Bomber bekämpften. Das Echo ihrer rumorenden und brummenden Abschüsse, die sich deutlich vom Fremdfeuer unterschieden, rollte ebenfalls durch die Straßenzüge und Trümmer dieses Alptraumszenarios.

Es war ein unwirkliches Aufbäumen von Menschen gegen Außerirdische. Ein fast gar apokalyptischer Kampf zwischen Himmel und Erde.

Vor allem das charakteristische Pfeifen der sowjetischen Mehrfachraketenwerfer, die die Russen in Anlehnung an ein gleichnamiges Lied »Katjuschas« und die deutschen »Stalinorgeln« nannten, zerpflückte die Luft. Aus schierer Verzweiflung wurden die Werfer daraufhin gegen jene Raumer, die sich zu tief herunter wagten, eingesetzt. Die Stalinorgeln besaßen eine hohe Explosivkraft und eine große Flächenabdeckung und konnten innerhalb weniger Sekunden mehrere Dutzend Raketen abfeuern. Verstärkt wurden sie vom zusammengefassten Einsatz von Werferbatterien. Die Werferabteilungen wiederum wurden von Artilleriedurchbruchskorps in speziell aufgestellten Gardewerferdivisionen der Roten Armee bedient. Die auf dreiachsigen LKW montierten BM-13-Flugkörper besaßen eine Reichweite von über 11.000 Metern. Resultierend daraus gab es einige Glückstreffer und fügten den getroffenen Raumschiffen schwere Schäden zu.

Zur Überraschung der Deutschen und Sowjets erwiesen sich die gleißenden Korona-Felder, die mutmaßlich als Schutzschilder eingestuft worden waren, durchlässig wie ein Sieb. Vielleicht dienten sie einem ganz anderen Zweck oder waren einfach in dieser Atmosphäre untauglich. Letztlich war nichts über die Fremden bekannt und dementsprechend auch nichts über ihre Technik.

Doch trotz tapferer Gegenwehr der Verteidiger am Boden, hatten sie letztlich keine Chance gegen die Übermacht am Himmel samt ihren überlegenen Waffensystemen. Die Abwehrgeschütze zerschmolzen ein ums andere unter den grellen Feuerstrahlen der Raumschiffe. Innerhalb kurzer Zeit verbrannten und verkohlten mehr Soldaten auf beiden Seiten, als in den letzten Wochen des zuvor so erbittert geführten Häuserkampfes.

Auf Befehl von General Alexander Alexandrowitsch Nowikow, dem Oberbefehlshaber der Roten Luftflotte, stiegen die, in und um Stalingrad stationierten Jagdgeschwader auf, um den Feind aus der Luft zu bekämpfen. Das letzte Aufgebot, wenn man so wollte.

Neben den Jagdflugzeugen Mikojan-Gurjewitsch MiG-3 und den Lawotschkin LaGG-3 beteiligten sich selbst die wenigen deutschen Focke-Wulf 190A-3, die sich momentan noch in der Region aufhielten, an der ungleichen Abwehrschlacht. Erstmals kämpften die Todfeinde gemeinsam gegen einen Feind – die außerirdischen Invasoren. Eine Angriffswelle nach der anderen folgte. Dabei muteten die Flugzeuge gegenüber den Kolossen aus dem All klein wie Spatzen an.

Die 20-mmm-Bordkanonen der Focke Wulf und der LaGG-3, ergänzt durch deren 82-cm-Raketen, eigentlich gegen Bodenziele konzipiert, nun jedoch ebenfalls behelfsmäßig gegen die neuen Todfeinde eingesetzt, sowie die 12,7-mm-Kanonen der MiG-3, feuerten ihre Geschosse den dreihundert Meter langen Raumern entgegen. Allerdings erzielten sie vereinzelt keine allzu großen Trefferwirkungen. Das änderte sich erst, als die Fliegerstaffeln ihre Feuerkraft konzentrierten und somit mehrere Maschinen gleichzeitig auf dasselbe Ziel schossen. Damit konnten sie die Außenhüllen der Raumschiffe durchdringen. Manch eines von ihnen explodierte mitten am Himmel. Andere dagegen trudelten schwer beschädigt durch die Luft, um dann auf dem hartgefrorenen Boden zu zerschellen.

Doch auch die Fulguren wechselten ihre Taktik. Für einen Moment stellten sie den Bodenbeschuss ein, schickten stattdessen den Jagdfliegern massives Sperrfeuer entgegen, das wie eine lodernde Feuerwand vor den Maschinen stand.

Ein Flugzeug nach dem anderen verging in den orangenen Energiestrahlen. Flächendeckend und weit bis in die Kalmückensteppe hinein regneten zerschmolzene Metallklumpen vom Himmel. Es war ein Desaster.

So wogte die Schlacht hin und her, obwohl es keinen Zweifel daran gab, dass die Jagdflieger nicht nur in der Unterzahl, sondern auch waffentechnisch unterlegen waren. Infolgedessen kam es, wie es zwangsläufig kommen musste. Nachdem die Außerirdischen den menschlichen Feind in der Luft effektiv und erfolgreich bekämpft hatten, konzentrierten sie sich erneut auf die Ziele am Boden. Zwischenzeitlich hatten sich dort die meisten Soldaten und Zivilisten in Erdlöchern, Bunkern oder Kellern verkrochen, um Schutz vor den verheerenden Strahlen zu suchen.

Die Raumschiffe nahmen nun die Flugplätze Gumrak, Bassargino, Karpowka, Stalingradski und Pitomnik nahe der Frontlinie unter Feuer. Es dauerte nicht lange, bis diese mit sämtlichem Militärmaterial und Rüstungsgütern vollständig zerstört waren.

Aber all das war nur ein Vorgeschmack auf die Hölle, die auf die Menschen wartete.

Auch das Kaufhaus, in dem sich der klägliche Rest des Infanterieregiments 534 der 384. Infanteriedivision des VIII. Armeekorps verschanzt hatte, wurde vom Feind getroffen. Ebenso der gegenüberliegende sowjetische Gefechtsstand. Die Luft war erfüllt von den ohrenbetäubenden Schreien der Verwundeten. Nur die unzähligen Toten hüben und drüben gaben endgültig Ruhe.

Noch bevor die verheerenden Energiestrahlen das Rudiment des Kaufhauses trafen, setzten sich Steiner und ein halbes Dutzend seiner Kameraden in den Keller ab. Wenig später folgte zu ihrem Leidwesen auch Leutnant Wolff. Der verfluchte »Schinderhannes« hätte gut und gerne im Feuer schmoren können, so die allgemeine Meinung, die natürlich nicht laut kundgetan wurde.

Das Notlazarett war hoffnungslos überbelegt. Jetzt wurden nicht nur die Toten, sondern sogar die Sterbenden übereinandergestapelt. Manch einer, der noch gar nicht gestorben war, erstickte dadurch. Kollateralschaden eines neuen Krieges.

Dennoch bot der Keller den »Verdammten«, als die sich die Landser selbst ansahen, wenigstens Schutz vor dem Höllenfeuer der Fulguren, das nach wie vor vom Himmel brannte.

In die dreckverschmierten Gesichter der Überlebenden war namenloses Grauen eingestanzt, als handelte es sich um Reliefs. Hinzu kam die Zukunftsangst, wie es nun weitergehen sollte. Ein Kampf gegen die Russen war ein Kampf Mann gegen Mann gewesen. Oder anders ausgedrückt, Mensch gegen Mensch, auch wenn für viele überzeugte Nazis diese nichts anderes als »Kretins« und »Missgeburten« waren. Doch nun standen sie alle – sogenannte »Arier« und sogenannte »Untermenschen« – urplötzlich einer unbekannten Macht aus dem Weltall gegenüber.

Außerirdischen!

Mit einem einzigen Wimpernschlag war die Welt eine ganz andere geworden. Nichts mehr war wie zuvor und niemals mehr würde es so werden.

Keiner von ihnen hätte sich auch nur in den kühnsten Träumen ein solch unglaubliches Szenario vorstellen können. Nicht einmal Schütze Julius Hedrich in seinen prophetischen Visionen.

Daran dachte Steiner, als er einen Blick durch den Keller warf, der einem Panoptikum der Schmerzen und der Leiden glich.

Wie es wohl in der fernen Heimat aussah? Ging es seiner Familie in Berlin gut?

Oder war auch dort die Welt aus den Angeln gehoben worden?

Zu Tausenden flohen sie vor dem Glutfeuer, das vom Himmel auf sie niederging, um sich geradewegs in den Bauch der Erde zu verkriechen.

Die Zivilisten, die all die Monate im umkämpften Stalingrad ausgeharrt hatten, zumeist Alte, Frauen und Kinder, suchten Sicherheit in den Luftschutzkellern. Doch viele von ihnen schafften es nicht, weil sie von dem Angriff der Fulguren genauso überrascht worden waren, wie ihre tapferen Soldaten an der Front.

Dort, wo die Energiestrahlen der Raumschiffgeschütze die Gebäude direkt trafen, schlugen sie von den Dächern bis zu den Kellern durch, entfachten dabei unzählige, zunächst einzelne und sich dann selbst weiterentwickelte Flächenbrände. Diese vereinten sich schließlich zu einem gewaltigen Flammenmeer, das von Explosionen und Druckwellen begleitet wurde.

Im Zentrum dieser Höllenglut entstand ein Feuersturm von Orkanstärke mit einer Geschwindigkeit von über 300 Stundenkilometern, der Bäume entwurzelte, Menschen wie welkes Laub erfasste und in die Flammen riss. Feuerwirbel, die Sandhosen ähnelten, fauchten zwischen den Häuserfassaden entlang, zerstörten auf einer Fläche von mehreren Quadratkilometern sämtliche Bauwerke, die von Menschenhand geschaffen waren. Und alles, was ihnen dabei im Wege stand, wurde wie mit einer gewaltigen Lötlampe in Sekundenschnelle zu Asche verbrannt.

Die Hitze von 1.500 Grad Celsius ließ den Straßenasphalt flüssig werden wie kochenden Teer. Vulkangleich schossen die Flammenmassen in den Himmel, verwandelten ihn in ein rot-gelbgleißendes Meer.

Durch die unvollständige Verbrennung sowie dem Sog des Feuers entstand eine Unmenge von toxischem Kohlenmonoxid, das sich, weil es schwerer als Luft war, schnell am Boden ausbreitete. Wie in einem Gebläse saugte es sämtlichen Sauerstoff auf. Unzählige hilfesuchende Menschen erstickten qualvoll mit geplatzten Lungenbläschen in den Luftschutzkellern, die somit zu Todesfallen wurden. Diejenigen im Freien, die hinter Gebäudeecken oder Büschen Deckung gesucht hatten, waren zunächst von einem Funkenhagel überzogen worden, der sogleich Haare und Kleidung in Brand setzte. Danach wurden sie von den anrollenden Feuerwalzen elendig verbrannt. Unzählige Alte, Frauen und Kinder rannten winselnd und heulend vor unsagbarem Schmerz als lebende Fackeln umher, bis sie letztlich mit einem Todesröcheln zusammenbrachen. Einige von ihnen versanken im heißen und aufgeweichten Asphalt der Straßen, wobei ihre Leiber miteinander verschmolzen oder einfach zu Asche zerfielen. Wiederum andere wurden unter Schutt und Trümmern begraben. Torsos hingen wie Lametta über den verstümmelten Bäumen. Überall waberte der Ekel erregende Gestank von verbranntem Menschenfleisch.

Es war unmöglich, die genaue Anzahl der Toten auch nur annähernd zu beziffern. Ein Flächenbrand, der Minuten vor dem verheerenden Angriff noch unvorstellbar gewesen war.

Der brüllende Feuerorkan ließ die letzten, noch stehenden, mehrstöckigen Häuser von unten bis oben brennen, deren Fassaden wie geschmolzenes Eisen leuchteten. Die Flammen schlugen stockwerkhoch aus allen Fenstern. Selbst das Wasser an den Ufern der Wolga, die von den Energiestrahlen getroffen wurden, entflammten, als wären sie mit Brandbomben getroffen worden.

Zu jenen wenigen Überlebenden, die sich rechtzeitig von den, in blinder Todesnot umher irrenden Wahnsinnigen oder Todgeweihten absetzen und sich in Sicherheit bringen konnten, gehörten die zweiundzwanzigjährige Anastasia Dubjanskaja und ihr vier Jahre jüngerer Bruder Sergej.

Noch bevor das Feuergewitter am Himmel aufflammte, hatten sie sich in einer alten Traktorenhalle eingefunden, die den Einwohnern vorbehalten war, die während der Schlacht um Stalingrad ihre Wohnungen verloren hatten. Diese lag abseits des Epizentrums der Feuerhölle. Als gleich darauf das Inferno losbrach, suchten Anastasia und Sergej Schutz in einem Bunker, ohne zu ahnen, dass dieser ebenfalls zu einer Todesfalle hätte werden können. Zum Glück jedoch rasten die Flammenstürme kilometerweit daran vorbei.

Schon kurz vor dem Krieg waren die Eltern des jungen, hübschen Mädchens und ihres Bruder an Typhus gestorben. Seitdem mussten sie sich alleine durchschlagen und Krieg, Kälte, Krankheit und Hunger trotzen. Sergej nahm jede Gelegenheitsarbeit an, die sich ihm bot. Anastasia nähte, flickte, kochte und putzte für alte Menschen in ihrer Nachbarschaft. Darunter auch deutsche Auswanderer, von denen sie ihre Muttersprache lernte. Allerdings war ihr und ihrem Bruder bewusst, dass all das keine Zukunft für sie hatte. Und dann kam der Krieg, der selbst die spärliche Arbeit unnötig machte, weil allesamt nur noch ums Überleben kämpften. Beinahe wäre auch Sergej eingezogen worden, doch durch Beziehungen zu einem Obersten der Roten Armee im Rekrutierungsbüro, der ein Auge auf seine bildhübsche Schwester geworfen hatte, entkam er diesem Schicksal.

Irgendwann hatten sie erfahren, dass eine Gruppe von Einwohnern Stalingrad verlassen wollten. Denn die Stadt war zu einem Ort des Todes geworden. Auch wenn die Truppen des »Vaters der Nationen«, des »Führers der Arbeiter der ganzen Welt«, wie Genosse Stalin von seinem Volk genannt wurde, die Metropole, die seinen Namen trug, zweifellos zurückeroberten.

Doch was dann? Nichts als verbrannte Erde würde zurückbleiben. Der Wiederaufbau konnte Jahre dauern. Anastasia und Sergej waren jung, lebenshungrig und alleine. Ohne familiäre Bindung und bereit alles zu tun und alles zu opfern, um fortan aus ihrem Leben etwas zu machen. Keinesfalls wollten sie in der Asche, den Trümmern und den Ruinen von Stalingrad bleiben, sondern ihre Zukunft anderswo suchen.

Gleichwohl jetzt, da die Welt mit dem Auftauchen der Raumschiffe, wahrlich aus den Fugen geraten war. Dennoch mussten sie diese Gegebenheiten akzeptieren, mit ihnen umgehen lernen, gehörten sie fortan doch zur bitteren Realität einer neuen Ära. Einer Zeitenwende, wie sie die Menschheit seit Anbeginn nicht erlebt hatte.

Der Entschluss, Stalingrad und vielleicht sogar das Vaterland zu verlassen, verfestigte sich aufgrund der katastrophalen Entwicklungen nur noch in Anastasia und ihrem Bruder.

Sie wollten nicht nur überleben, sondern vor allem richtig leben. In Frieden und Wohlstand. Der Anfang dafür war ihrer Meinung nach die Flucht aus dieser Hölle. Und warum nicht gleich gen Westen? Dort existierte zumindest ein höherer Lebensstandard als hier in Mütterchen Russland.

So oder ähnlich dachten Anastasia und Sergej, malten sich im Stillen eine bessere Zukunftsperspektive aus.

Doch ihre Träume und Wünsche, ihren Hoffnungen und Sehnsüchte, sollten schon bald von Blut, Gewalt und Grauen überschattet werden.

Mit wachsender Besorgnis verfolgten die deutschen Stabsoffiziere den ungleichen Luftkampf zwischen den Raumschiffen und den sowjetischen Fliegerstaffeln sowie den wenigen Focke-Wulf, die sie unterstützten. Schnell wurde offenkundig, dass die Lufthoheit aufgrund effizienterer Waffen und der schieren Überzahl bei den Außerirdischen lag. Ihre Kampfkraft war ohne Zweifel überlegen.

Als schließlich sämtliche in Stalingrad stationierten Flugzeuge genauso vernichtet waren, wie die meisten Panzer, Paks, Flaks, Artilleriegeschütze und übriges schweres Militärgerät der »Menschen«, hörte der Beschuss schlagartig auf.

Die Überreste zigtausender toter deutscher und sowjetischer Soldaten und Zivilisten, die es nicht mehr rechtzeitig geschafft hatten, Deckung vor den Energiestrahlen zu finden, säumten die aufgerissenen Straßen und Ruinenskelette der Gebäude. In den Stadtbezirken, in denen der Feuersturm noch immer wütete, kochten die Leichen im Teer.

Doch mit dem Einstellen des feindlichen Feuers endete die Katastrophe nicht. Vielleicht begann sie erst. Die Raumschiffe formierten sich zu einem Pulk, der sich dann in zwei Formationen aufteilte, die schließlich diesseits und jenseits der Wolga niedergingen. Mit welchem Ziel blieb zunächst unklar.

Doch auch der grimmige russische Winter hatte nicht nachgelassen. Starker Frost, kalte Winde und dichte Schneestürme sowie sanitätswidrige Verhältnisse, Hunger und Krankheiten machten vor allem das Überleben der Deutschen mit ihrer unzureichenden Winterkleidung zur menschlichen Hölle. Die Qualen, die sie in jenen Tagen ertragen mussten, war mehr Leid, Entbehrung und Erschwernis als für drei bittere und kümmerliche Leben zusammengenommen.

Unabhängig voneinander schickten Generaloberst Paulus und Generaloberst Jeremenko, der Befehlshaber der Stalingrader Front Aufklärungstrupps los, um die Lage außerhalb des Kessels zu erkunden. Vor allem aber, um mehr über die Fremden herauszufinden. Aus diesem Grund näherten sich die Deutschen von der Westseite und die Russen von der Ostseite den in der weiten Steppe in der Nähe Stalingrads niedergegangenen Raumschiffen. Natürlich war ihnen vollkommen bewusst, wie gefährlich ein solches Unterfangen war, schließlich musste man davon auszugehen, dass die Fulguren die Annäherungen bemerkten.

Beim deutschen Heer gab es keine speziellen Einheiten für Spähtruppunternehmen. Abgesehen von den Aufklärungsabteilungen beziehungsweise den Panzeraufklärungsabteilungen bei den gepanzerten Divisionen. Ganz im Gegensatz zu den Fernspähtruppunternehmen, die tief im Hinterland des Gegners operierten, um zu beobachten, zu bewerten und zu melden. Allerdings konnte jeder kämpfende Truppenteil selbst einen Spähtrupp bilden.

Das hatte zur Folge, dass für die bevorstehende Aufklärungsmission Freiwillige in den, in Frage kommenden Divisionen gesucht wurden. Die Verbindungen unter den Stäben der Armee, der verschiedenen Korps und unterstellten Divisionen war äußerst schwierig, da vielen Fernsprechverbindungen zusammengebrochen waren. Sollten nicht innerhalb einer Stunde dafür geeignete Männer gefunden werden, sollte eine Division bestimmt werden, die einen Spähtrupp zu stellen hätte, ganz gleich aus welchen Männern welcher verfügbaren Einheit.

Steiner meldete sich genauso wie fünf weitere aus freiem Willen. Hedrich wäre ebenfalls gerne dabei gewesen, aber aufgrund der – wenn auch leichten – Schrapnellverletzung am Kopf wurde er abgelehnt.

Als Transportmittel dienten zwei leichte, 4,80 Meter lange, 1,95 Meter breite und 2 Meter hohe Halbkettenpanzerspähwagen Sd.Kfz 250/5 I mit einem MG 34 und Scherenfernrohr. Dieses Halbkettenfahrzeug eigneten sich besonders für Patrouillenaufgaben in diesem Gelände. In einem Sd.Kfz fanden jeweils drei Mann Platz: Der Kommandant, der auch die Aufgabe eines Schützen übernahm, der Funker sowie der Fahrer.

Steiner betätigte sich als Letzteres, hatte er doch einst bei einer gesonderten Ausbildung gelernt, ein solches Fahrzeug zu führen.

Sobald die jeweiligen Besatzungen feststanden, ging das Himmelfahrtskommando los.

Der Kommandant in Steiners Spähwagen war Oberfeldwebel Herbert Kromer, ein sommersprossiger langer Lulatsch. Der Funker, ein Fernmelde-Feldwebel, hieß Bruno Oswald, ein vollbärtiger Kerl mit hoher blanker Stirn.

Den zweiten Sd.Kfz führte der schmallippige, untersetzte Stabsfeldwebel Ewald Krüger an. Unter ihm der stets gut gelaunte, beleibte Funker Olaf Schulze und der dagegen missmutig erscheinende, kleinwüchsige Fahrer Gerhard Griesens. Von ihm wurde behauptet, dass er aufgrund seiner geringen Körpergröße ganz sicher kein Arier und gleich gar kein Germane, sondern ein Italiener sei. Das sorgte normalerweise für großes Gelächter in der Kompanie.

Hintereinander rollten die beiden Panzerspähwagen über die westliche Stadtgrenze hinaus, während die Russen die östliche passierten. Danach befanden sie sich auf offenem Gelände.

Dünne Nebelschleier lagen über der silbergrauen Wolganiederung und den Höhenzügen. Zum Frost kam noch ein schneidender Ostwind hinzu. Die unendlich scheinende Schneefläche schimmerte in einem atemberaubenden und reinen Weiß, nur durchkreuzt von den asymmetrisch erscheinenden, ausgehobenen Gräben und Wegen. Auf einer solchen Fahrspur rollten die Sd.Kfz nacheinander in jene Richtung, in der die gewaltigen Flotte der Raumschiffe niedergegangen war. Vermutlich lag das daran, dass, im Gegensatz zur Stadt, eine Landung mitten in der Steppe leichter möglich war.

Angespannt steuerte Steiner den Spähwagen mit längsseitig montierten 7,92-mm-MG 34, hinter dem Führungsfahrzeug her.

Der Platz in einem Sd.Kfz war durchaus beengt. Der Fahrer selbst befand sich in der Mitte im vorderen Teil des Rumpfes. Der Aufbau bestand aus abgeschrägten 6-15 Millimeter dicken Panzerplatten. Der Benzinmotor Maybach HL 42 TURKM brummte gleichmäßig. Die Geländegeschwindigkeit betrug 40 Stundenkilometer, die maximale Reichweite im Gelände rund 180 Kilometer. Doch so weit mussten sie nicht fahren.

Die Fulguren-Schiffe befanden sich hinter einer kleinen Anhöhe, etwa 20 Kilometer von Stalingrad entfernt. Ein verschneiter Weg führte den Hügel hinauf, den die Halbkettenfahrzeuge mühelos bewältigen konnten. Natürlich fuhren sie nicht bis zur Kuppe hoch, ansonsten hätte man sie leicht von der anderen Seite aus entdecken können. Fünfzig Meter zuvor stoppten die Panzerspähwagen. Vorsichtig wurde die nähere Umgebung mit den Scherenfernrohren beobachtet. Doch die Männer konnten nichts Ungewöhnliches entdecken, also entschieden sie sich, auszusteigen. Den Rest des Weges legten die Besatzungen zu Fuß zurück. Dazu mussten sie jedoch beinahe knietief durch den Schnee waten. Oben angekommen gingen die sechs Soldaten keuchend und schwitzend von der Anstrengung hinter einem Felsen in Deckung.

Die Szenerie, der sie sich gleich darauf unterhalb der Anhöhe gegenübersahen, verschlug ihnen geradezu den Atem!

Bis zum Horizont der Steppe erstreckten sich die unzähligen Raumschiffe, die wie zwei ineinander verschlungene Ellipsen anmuteten. Allerdings wiesen sie keine Landestützen auf. Vielmehr ruhten die rund dreihundert Meter durchmessenden Rümpfe direkt auf der Erde, was wohl auch der Grund dafür war, dass sie nicht in den Ruinen von Stalingrad hatten landen können.

Die Hitze ihrer Korona-Schutzfelder, die jetzt abgeschaltet waren, hatte dazu geführt, dass auf der Landefläche der gesamte Schnee geschmolzen war, als hätte man ihn mit Flammenwerfern bearbeitet. Außerdem wurde ersichtlich, dass die Außenwände der Flugobjekte aus einer massiven grauen Panzerung bestanden. Deshalb war es den Raketen der LaGG-3, den Kanonen der MiG-3 und den Bordkanonen der Focke Wulf einzeln nicht möglich gewesen, die Schiffshüllen zu durchdringen. Nur konzentrierter Dauerbeschuss der Jagdflieger hatte letztlich Erfolg gezeigt. Und eben der gebündelte Feuerzauber der Katjuschas.

Doch nicht die gelandete Flotte war das, was das Weltbild der Landser noch mehr als bisher erschütterte. Vielmehr die Tatsache, dass Erdenbürger erstmals Wesen erblickten, die nicht von dieser Welt kamen, sondern aus den Weiten des Weltalls.

Außerirdische!

Genau diese extraterrestrischen Geschöpfe nämlich waren es, die aus den meterhohen, geöffneten Außenluken der Schiffe strömten. Die Fremden waren von humanoider Gestalt, etwa zwei Meter groß, mit deformierten Schädeln, die durch ein ausgeprägtes Höhenwachstum gekennzeichnet waren. Ihre Gliedmaßen waren dünn und lang, die Hautfarbe grau. Ebenso wie die, von ihnen getragenen Uniformen. Dementsprechend wurden die Fulguren schnell auch »Greys« genannt.

Die deutschen Soldaten auf dem Hügel schienen ungläubig gefangen, wenn nicht gar geschockt von diesem absolut fremdartigen und phantastischen Anblick. Noch niemals zuvor hatte ein menschliches Auge solche Wesen erblickt.

Nachdem sich die Landser wieder einigermaßen beruhigt hatten, wechselten sie sich mit den beiden mitgeführten Ferngläsern ab, um jedes Detail erkennen zu können. Die Augen der Außerirdischen waren mandelförmig und tiefschwarz. Darunter prangten drei Löcher, die wie eingestanzt wirkten, ebenso jeweils vier an den Außenseiten der riesigen Köpfe. Vielleicht handelte es sich dabei um Atem- oder Gehöröffnungen, wer wusste das schon. Die Münder hingegen waren bleistiftdünn und lippenlos.

Die deutschen Wehrmachtssoldaten, die in Deckung der Felsen auf der Anhöhe lagen, um das Geschehen zu beobachten, waren weiterhin tief ergriffen. Mitunter stand in dem einen oder anderen Gesicht Furcht geschrieben. Jedem von ihnen, Stabsfeldwebel Krüger, Oberfeldwebel Kromer, die Funker Oswald und Schulze sowie die Fahrer Griesens und Steiner, war bewusst, dass zweifelsohne einen historischen Moment für die Menschheitsgeschichte erlebten. Und zwar einem, der das gesamte Weltbild der bisherigen Evolutionswissenschaft wie einen Bauklotz umstieß.

Tatsächlich wurden sie Zeitzeugen einer außerirdischen Invasion auf der Erde!

»Das ist unfassbar«, krächzte der Kleinwüchsige Griesens. Aber nicht nur er verspürte ein Kratzen im Hals. Allen anderen erging es genauso, obwohl sie die wahren Ausmaße dieses Augenblicks wohl erst viel später richtig begreifen würden.

Unablässig strömten die Greys aus den Ausstiegsluken der Raumschiffe, um sich dann im offenen Gelände zu unendlich scheinenden Kolonnen zu formieren. Sie trugen faustkeilartige Waffen mit sich, wobei der Hammerkopf wohl als Griff und der Stiel als Lauf diente. So jedenfalls sah es auf den ersten Blick aus.

Offensichtlich schien auch, dass die Außerirdischen Stalingrad erreichen wollten. Nachdem deutsche und russische Soldaten und Zivilisten den Beschuss aus dem Orbit überlebt hatten, schickten die Fulguren nun offenbar ihre Bodentruppen, um die Menschenfeinde in den Ruinen, Kellerlöchern und Katakomben aufzustöbern und vollends zu vernichten. Doch wie wollten sie dort hinkommen?

In den offenstehenden Hangarschotts jedenfalls waren kleinere Beiboote zu erkennen, mit denen gewiss geringere Entfernungen zurückgelegt werden konnten. Anstatt diese jedoch auszuschleusen, verblieben sie in ihren Halterungen. Warum und weshalb blieb rätselhaft. Die einzige logische Erklärung dafür war, dass die Fluggeräte nicht für die enorme Anzahl der Infanteristen des gewaltigen Heeres ausreichten.

Nachdem sich die Truppen der Greys im Freien versammelt hatten, setzten sie sich gleich darauf in Marsch. Es war beängstigend! Ohnehin wenn man annehmen musste, dass sich auf der anderen Seite der Wolga wohl noch einmal dieselbe Anzahl der außerirdischen Soldaten befanden.

Jedenfalls war klar, dass sie durch den »Fußmarsch« den Verteidigern von Stalingrad mehr Zeit verschafften, als wenn sie tatsächlich ihre Beiboote bestiegen hätten.

In diesem Moment geschah jedoch noch etwas anderes. Völlig unerwartet und wie auf ein stilles Kommando hin, stiegen die unzähligen Raumschiffe von der verbrannten Erde in die Luft, um unmittelbar danach pfeilschnell im grauen Himmel zu verschwinden.

Warum die Fulguren-Flotte nach Absetzung ihrer Bodentruppen sofort wieder startete, blieb ungewiss. Vielleicht gab es noch weitere Infanteristen an Bord, die an andere Orte verbracht wurden.

Wie dem auch war, die erhebliche Bedrohung durch die Außerirdischen, die nun Richtung Stalingrad marschierten, war so elementar, dass die Landser der Spähtruppmission schnellstens dorthin zurückkehren mussten. Es würde nicht allzu lange dauern, bis die Greys über die Stadtgrenzen einfallen würden und dann würde das Gemetzel erst richtig beginnen.

Die sechs Soldaten verließen den Beobachtungspunkt an der Kuppe, bestiegen die beiden Panzerspähwagen und fuhren die Anhöhe wieder hinunter. Die Zeit drängte.

Währenddessen nahmen Fernmelde-Feldwebel Bruno Oswald und sein Kamerad Olaf Schulze mit dem Stabsquartier Funkkontakt auf, um eine Vorabmeldung zu machen.

Steiner und Griesens lenkten die Sd.Kfz 250/5 auf demselben Weg zurück, den sie gekommen waren. So konnten sie die bereits hinterlassenen Fahrspuren nutzen, um schneller voranzukommen. Inzwischen hatte sich auch der Nebel verzogen.

Die Fahrt verlief schweigend. Jeder hing seinen eigenen Gedanken nach. Die Faszination, erstmals außerirdisches Leben gesehen zu haben, paarte sich mit der innewohnenden Furcht vor allem Fremden und der Erkenntnis, dass eine neue Zeit begonnen hatte. Eine, die anscheinend noch mehr Blut und Tod bringen würde.

Es geschah gerade in jenen Minuten, als in der Ferne die ersten Fabriken der bis vor kurzem von Deutschen und Russen so gnadenlos umkämpften Industriestadt auftauchten.

Jäh blitzten feingebündelte orangegleißende Energiestrahlen hinter den Bäumen des kleinen Waldes hervor, den die Spähwagen soeben passierten. Es sah geradewegs aus, als wäre ein Feuerwerk entzündet worden, dass das Gelände in das bereits bekannte und eigenartige stroboskopartige Licht hüllte. Mitunter überlappte sich sogar der Feuerbereich, weil von beiden Seiten aus geschossen wurde.

»Ein Hinterhalt!«, brüllte Krüger im ersten Fahrzeug. Das waren die letzten Worte seines Lebens.

Die Energiestrahlen durchschlugen die maximal 14,5 Millimeter dicken abgeschrägten Panzerplatten des Aufbaus mühelos. Innerhalb eines Sekundenbruchteils schmolz der vorderste Schützenpanzerwagen zu einem mülleimergroßen Stahlklumpen zusammen. Stabsfeldwebel Krüger, Funker Schulze und Fahrer Griesens verkohlten in der Zeitspanne eines Wimpernschlags zu puppenkleinen menschlichen Überresten.

Mit einem geradezu halsbrecherischen Manöver schaffte es Steiner im dahinter fahrenden Wagen, dem Wrack auszuweichen und selbst wieder in die Spur zu kommen.

Unterdessen feuerte Oberfeldwebel Kromer mit dem 7,92-mm-MG 34. Die kurzen, breitgefächerten Feuerstöße trafen den einen oder anderen Angreifer hinter den Bäumen und zerfetzten die dünnen Leiber oder verteilten ihre Eingeweide im Schnee. Eine grau-blaue Flüssigkeit, die wie Blei aussah, spritzte aus den Wunden.

Zum Glück reichte das massive Gegenfeuer vorerst aus, um den Panzerspähwagen aus dem unmittelbaren Gefahrenbereich zu bringen. Allerdings wurde Kromer noch hinterrücks von einem Energiestrahl getroffen, der wie eine Flammenklinge zwischen seine Schulterblätter ratschte. Er verkohlte augenblicklich. Seine menschliche Schlacke tropfte bis in den vorderen Teil des Fahrzeugrumpfes hinunter.

»Herrgott, Steiner, gib Gas!« Oswald verlor die Nerven. Angesichts der Tatsache, dass Krüger und seine Leute samt Fahrzeug nur noch ein Haufen Schrott waren und Kromer sich im Nu verflüssigt hatte, schwebte der Geisteszustand des Funkers zwischen Todesangst und Wahnsinn. Obwohl kein Feind mehr in Sicht war, feuerte nun er selbst mit dem MG völlig sinnlos durch die Gegend.

»Hör endlich mit dem Geballere auf!«, blaffte Steiner den Kameraden an. Er musste sich gewaltsam zusammenreißen, um nicht ebenfalls in Panik zu verfallen. Noch immer fuhr er viel zu schnell, aber schließlich saßen ihnen sprichwörtlich die außerirdischen Teufel im Nacken!

Erst Minuten später war klar, dass ihnen die Greys, die kurz zuvor diesen feigen Hinterhalt gelegt hatten, nicht folgten.

Mit zusammengepressten Lippen lenkte Steiner den Spähwagen weiter mit überhöhter Geschwindigkeit über sämtliche Bodenkuhlen. Trotz der Kälte stand ihm nackter Schweiß auf der Stirn. Einmal hätte er beinahe die Kontrolle verloren, konnte aber gerade noch gegenlenken, bevor das Fahrzeug ausbrach.

Schließlich tauchten die Vororte von Stalingrad vor ihnen auf. Erst jetzt beruhigte sich Oswald ein wenig.

Steiner versuchte trotz allem, was er gesehen und erlebt hatte, rational zu denken, ansonsten würde er nicht mehr lange überleben. So viel war vorerst klar. Die fremden Lebensformen waren anscheinend einzig und alleine auf der Erde aufgetaucht, um die Menschen zu vernichten. Dementsprechend musste er sie als »normale« Gegner betrachten, auch wenn sie das gewiss nicht waren und genauso bekämpfen, als wären sie menschliche Feinde. Alles andere hatte keinen Sinn.

Es dauerte eine weitere halbe Stunde, bis der verbliebende Spähwagen der Aufklärungsmission das Stabshauptquartier erreichte. Aufgrund der zuvor schon abgesetzten Funksprüche wurden er und Oswald von einer Gruppe Offiziere erwartet. Der rangniederste war Leutnant Wolff, darüber standen Divisionskommandant Generalleutnant Eccard Freiherr von Gablenz sowie Oberst i. G. Friedrich Schildknecht. Hinzu kam General der Artillerie Walter Heitz, der Kommandierende General des VIII. Armeekorps. Er war es auch, der die beiden überlebenden Landser direkt ins Quartier zu Generaloberst Paulus und seinem Adjutanten Claus von Lüttwitz führte. Dort mussten sie in allen Einzelheiten schildern, was sie gesehen und erlebt hatten.

Eine diesbezügliche Rücksprache mit Generaloberst Schukow machte deutlich, dass es den Russen auf der anderen Seite der Wolga ähnlich ergangen war. Allerdings hatten sie gleich drei Spähfahrzeuge verloren. Dennoch hatte es eines zurückgeschafft, um ebenfalls über das eigentlich Unfassbare Bericht zu erstatten.

Jedenfalls war allen Beteiligten, hüben wie drüben der einstigen fragilen Frontlinie bewusst, dass mit der Aussendung der Fulguren-Bodentruppen die Invasion aus dem Weltall in ihre zweite und entscheidende Phase ging. Und sicher auch in die blutigste.

In diesen nervenaufreibenden Stunden traf eine Nachricht vom OKW in Wünsdorf bei Zossen, aus der Bunkeranlage »Maybach II« südlich von Berlin, im Stabsquartier ein. Das OKW war die oberste Kommando- und Verwaltungsbehörde. Der Chef des Oberkommandos der Wehrmacht war Generalfeldmarschall Wilhelm Keitel und war nur dem Führer als Oberstem Befehlshaber der Wehrmacht unterstellt.

Generaloberst Paulus saß erneut mit seinem Adjutanten Claus von Lüttwitz zusammen, um unter diesen Vorzeichen schnellstmöglich eine Strategie für die eingekesselte 6. Armee auszuarbeiten. Die Meldung traf sie überraschend. Nicht die Tatsache an und für sich, denn laufend wurden solche über Funk übermittelt. Vielmehr jedoch ihr Inhalt.

Das OKW – und damit Hitler persönlich – ordnete einen sofortigen generellen Rückzugsbefehl an die Führungsstäbe des Ostheeres an. Die Begründung: Auch das Deutsche Reich wurde von Fremden, die aus dem Weltall aufgetaucht waren, »Fulguren« genannt, flächendeckend massiv angegriffen. Deshalb mussten alle verfügbaren Truppenverbände zurückgezogen werden, um die Heimat in dieser elementaren Abwehrschlacht zu unterstützen. Die Kampfhandlungen zwischen Deutschland und Russland indes, sollten unverzüglich eingestellt werden, wurden die beiden verfeindeten Staaten inzwischen doch vom selben Feind attackiert.

Als am frühen Morgen des 22. Juni 1941 das Deutsche Reich den Russlandfeldzug unter dem Decknamen »Unternehmen Barbarossa« begann, umfasste es 118 Infanteriedivisionen, 15 motorisierte Divisionen und 19 Panzerdivisionen mit insgesamt rund drei Millionen Soldaten der Wehrmacht und 600.000 Mann seiner Verbündeten Ungarn, Rumänien, Finnland,

Slowakei und Italien. Davon waren bislang jedoch über eine Million gefallen. Und auch die Bestände der 750.000 Pferde, 600.000 Fahrzeuge, 3.600 Panzer und 7.200 Geschütze unter dem Schutz von drei Luftflotten mit insgesamt über 1.800 Flugzeugen, waren drastisch dezimiert. Trotz dieser Verluste stellte ein Hals-über-Kopf-Rückzug von der Ostfront in dieser Größenordnung ein wahrlich gigantisches Unterfangen dar.

Das war natürlich auch dem Oberbefehlshaber der 6. Armee bewusst. Ebenso den Befehlshabern der Heeresgruppen der deutschen Angriffsfront, die in die Operationsbereiche Nord, Mitte, A, B und Don aufgeteilt waren.

Generalfeldmarschall Wilhelm Ritter von Leeb hatte den Oberbefehl über die Heeresgruppe Nord übernommen. Jedenfalls so lange, bis er sich gegen die Belagerung von Leningrad aussprach und sich im Januar 1942 von seinem Kommando entbinden ließ. Sein Nachfolger wurde Generalfeldmarschall Georg von Küchler, der bislang die 18. Armee kommandiert hatte. Außer jener umfasste die Heeresgruppe Nord noch die 16. Armee unter Generaloberst Ernst Busch. Insgesamt also 26 Infanterie-, drei Panzer- und drei motorisierte Divisionen. Dabei bildete die Speerspitze die Panzergruppe 4 unter Generaloberst Erich Hoepner. Die zugeteilte Luftflotte 1 stand unter dem Befehl von Generaloberst Keller. Die Aufgabe der Heeresgruppe Nord war es gewesen, von Ostpreußen aus durch die baltischen Staaten auf Leningrad vorzustoßen.

Die Heeresgruppe Mitte, die die stärkste der drei Heeresverbände darstellte, führte Generalfeldmarschall Fedor von Bock an. Sie umfasste die 9. Armee unter Generaloberst Adolf Strauß, die 4. Armee unter Generalfeldmarschall Günther von Kluge, die Panzergruppe 3 unter Generaloberst Hermann Hoth sowie die Panzergruppe 2 unter Generaloberst Heinz Guderian, unterstützt von Generalfeldmarschall Albert Kesselrings Luftflotte 2. Dementsprechend betrug die Kampfstärke der Heeresgruppe Mitte 49 Divisionen, 930 Panzer und zahlreiche Stuka-Verbände. So oblag ihr auch der Schwerpunkt der deutschen Angriffskräfte gegen die Sowjetunion und marschierte entlang der Linie Warschau – Moskau gegen Minsk und Smolensk.

Generalfeldmarschall Gerd von Rundstedt befehligte die Heeresgruppe Süd und damit die 6., 11. und 17. Armee sowie der Panzergruppe 1. Diese wurde allerdings für die Sommeroffensive des Jahres 1942 in die Heeresgruppen A und B aufgeteilt. Der Luftraum über ihr wurde von Generaloberst Alexander Löhrs Luftflotte 4 gesichert. Die ursprüngliche Heeresgruppe Süd hatte die Aufgabe, die sowjetischen Kräfte in Galizien und in der Westukraine westlich des Dnjepr zu vernichten und deren Übergänge bei und unterhalb Kiews frühzeitig in die Hand zu nehmen.

Allerdings wurden im Laufe des Angriffs auf die Sowjetunion nicht nur Ziele verfehlt oder neu festgelegt, sondern auch die Heeresgruppen entweder umbenannt oder aufgeteilt sowie neue Divisionen hinzugefügt oder abgezogen.

Hinzu kam die neugegründete Heeresgruppe Don unter Generalfeldmarschall Erich von Manstein, bestehend aus der 6. Armee, der 4. Panzerarmee sowie der rumänischen 3. und 4. Armee, die die sowjetische Offensive zum Stehen bringen und Paulus aus dem Einschließungsring von Stalingrad befreien sollte.[5]

Doch nun war alles anders gekommen!

Mit dem Erscheinen der Fulguren hatten sich die einstigen Kriegsziele der Erzfeinde nahezu in Luft aufgelöst, galt es vielmehr nun, die Invasion der Außerirdischen jeweils vom eigenen Heimatland abzuwehren.

Erneut nahm Generaloberst Paulus mit seinem Pendant Generaloberst Schukow Kontakt auf. Dieser war ebenso von seinem Oberbefehlshaber Stalin instruiert worden, die Kampfhandlungen gegen die Deutschen einzustellen. Vielleicht erinnerte man sich daran, dass die beiden verfeindeten Länder einmal Verbündete gewesen waren, als ihre Truppen im Zuge des Hitler-Stalin-Paktes zunächst Polen und dann das Baltikum unter sich aufteilten. Das war gerade mal drei Jahre her. Seitdem hatte sich alles verändert. Die einstigen Bündnispartner, die sich allerdings gegenseitig immer misstraut hatten, bekämpften sich bis aufs Blut. Doch nun, mit dem Auftauchen der Raumschiffe, war es zu einer neuen Situation gekommen.

---

[5] In der Folge benennt der Autor die Heeresgruppen nach ihrer ursprünglichen Bezeichnung

Paulus berichtete wahrheitsgetreu darüber, mit dem Rest seiner Armee den Kessel verlassen zu wollen, um sich mit den anderen Heeresverbänden ins Heimatland zurückzuziehen. Schukow sicherte zu, dass er sich diesem Vorhaben aufgrund der neuen Lage und seiner Befehle nicht entgegenstellen würde. Im Gegenzug sollten die Deutschen einheimische Zivilisten evakuieren, die aus der Stadt nach Westen fliehen wollten. Kriegsgefangene sollten freigelassen und ausgetauscht werden.

Natürlich war Paulus erleichtert. Nun schien das zu gelingen, was noch kurz zuvor als unmöglich erschienen war, nämlich der Ausbruch aus dem Todeskessel von Stalingrad. Dennoch stellte die Invasion der Fulguren die größte Bedrohung der Menschheit dar, seit sie überhaupt existierte.

Ungeachtet dessen, galt es nun, im ersten Schritt zur Heimatverteidigung, den Rückzug aus Stalingrad einzuleiten. Dazu versammelte er sämtliche kommandierende Generale und die wichtigsten Generalstabsoffiziere.

Die Zeit drängte. Nur wenige Stunden blieben, denn die Truppen der Greys hatten sich bereits in Marsch gesetzt.

»Sind Sie taub, Steiner?«

Wolffs herrische Stimme riss Max aus seinen besorgten und wehmütigen Gedanken an Heimat und Familie. Der Leutnant hatte den Rest seiner Einheit um sich versammelt, darunter natürlich auch Julius.

Steiner wandte sich ihm zu, nahm aus reiner Gewohnheit Haltung an, obwohl dies unter den gegebenen Umständen mehr als grotesk war, enthielt sich aber erneut eines Kommentars.

Gleich darauf machte Wolff klar, dass ein Befehl aus dem OKW lautete, dass sich die Heeresgruppen unverzüglich von der Ostfront zurückziehen sollten, um im Deutschen Reich gegen die neuen Feinde zu kämpfen.

Damit war für Steiner zumindest eine Frage beantwortet, die er sich kurz zuvor selbst gestellt hatte.

Schlichtweg bedeutete dies, dass die rund 230.000 Mann der 6. Armee aus dem Kessel von Stalingrad ausbrechen mussten, obwohl ein solches Unterfangen reiner Wahnsinn war. Aber vielleicht war der Begriff »Ausbruch« nun der falsche, wie der »Schinderhannes« gleich darauf klarstellte. Denn die Lage hatte sich insofern verändert, dass die Kämpfe zwischen den Russen und den Deutschen sofort eingestellt wurden, wie von höchster Stelle verlautbart worden war. Die Truppen sollten vielmehr zu den jeweiligen Abwehrschlachten gegen die Fulguren eingesetzt werden. Demzufolge konnte der Abzug der 6. Armee eingeleitet werden, ohne befürchten zu müssen, vom Iwan attackiert zu werden.

Als Max und Julius wenig später den als Notlazarett hergerichteten Keller aufsuchten, weil sie auf Anweisung Leutnant Wolffs Stabsarzt Dr. Wessel über den bevorstehenden Rückzug aus der Stadt in Kenntnis setzen sollten, nahm er seinen Freund kurz beiseite.

»Dein Wahrtraum scheint sich nicht zu erfüllen«, meinte er nur. »Unsere Armee wird nicht kapitulieren und unsere Soldaten nicht in Kriegsgefangenschaft der Russen wandern. Alles nur Schall und Rauch.«

Julius blickte kurz zu Boden und dann wieder in das Gesicht des Mannes, dem er mehr vertraute als jedem anderen. »Das heißt, nicht, dass Stalingrad nicht fallen wird. Vielleicht nicht an uns und auch nicht an die Russen, sondern an diese gottverdammten außerirdischen Barbaren!«

Nach diesen Worten schritt Julius die Treppe in das »Schlachthaus« hinab, in dem hunderte Verwundete zum Abtransport in die Heimat vorbereitet werden mussten. Die Schwerverwundeten hingegen würden hierbleiben müssen und in diesem eisigen Loch vollends krepieren. Das war die grausame Realität des Krieges, ganz gleich, ob er auf der Erde, im Himmel oder in der Hölle ausgefochten wurde.

Steiner folgte seinem Freund nachdenklich. Julius hatte vielleicht recht mit seiner Annahme. Ein Vabanquespiel jedenfalls war es auf jeden Fall.

Innerhalb kürzester Zeit bereitete der Generalstab planmäßig den endgültigen Abzug aus Stalingrad vor.

Aufgrund des Umstandes, dass die Sowjets von nun an die deutschen Transportmaschinen nicht mehr vom Himmel schossen und sie selbst die Flugplätze Gumrak, Bassargino,

Karpowka, Stalingradski und Pitomnik nahe der Frontlinie benutzen konnten, kam es beinahe im Stundentakt zu Versorgungsflügen durch das VIII. Fliegerkorps von Generalleutnant Martin Fiebig. Eine Ju 52 nach der andere landete unter der schweigenden sowjetischen Flaksperre, um der 6. Armee den benötigten Treibstoff, neue Munition sowie den Mindestbedarf an Verpflegung zuzuführen. Selbst viele der Schwerverwundeten konnten so von den Hauptverbandsplätzen und Verwundetensammelstellen übernommen und nach Rostow am Don ausgeflogen werden. Von dort aus ging es dann mit einem Lazarettzug in die Ukraine und – so Gott wollte – zurück in die Heimat. Wenn auch als körperliche oder seelische Krüppel. Das war der teure Preis, den sie für ihre Vaterlandsliebe und Führertreue bezahlt hatten.

Argwöhnisch beobachteten die Späher den Himmel. Jederzeit konnte die Flotte der Fulguren zurückkehren, um den Abzug der 6. Armee zu unterbinden. Dennoch waren Paulus und sein Führungsstab davon überzeugt, dass der Angriff der Raumschiffe einzig darin begründet lag, durch die Vernichtung der deutschen und der russischen Luftwaffe und der Flugabwehr den Weg für die Absetzung der Bodentruppen zu ebnen.

Derweil meldeten die Aufklärungstrupps, dass die geteilte Armee der Greys die Stadt von beiden Seiten in die Zange nahm. Dabei marschierten die Infanteriesoldaten auf ihren dünnen Gehwerkzeugen scheinbar mühelos durch die Schneefelder. Selbst die beißende Kälte, die bei über fünfundzwanzig Grad minus lag, schien ihnen nichts auszumachen. Hinzu kam der geradezu furchteinflößende Umstand, dass sie bei ihrem Marsch dieselbe Geschwindigkeit wie Panzer zurücklegen konnten. Das war wirklich unfassbar!

Die Kampfstärke der Greys wurde auf über zwei Millionen geschätzt. Zunächst jedoch würden ihre Sturmtruppen auf die sowjetischen Verbände treffen, die nach wie vor den ursprünglichen Verteidigungsriegel bildeten – mit Ausnahme der Lücke, durch die die Deutschen entweichen sollten. Dazu gehörten die 28., 51., 57., 62. und 64. Armee. Die 8. Luftarmee hingegen war bekanntlich komplett vernichtet worden.

Bis September 1942 war beinahe 300.000 Stalingrader die Flucht mit Fähren und Booten über die Wolga gelungen. Viele der 150.000 Zurückgebliebenen waren später im deutschen Bombenhagel zerfetzt worden, dem Hunger oder den von der Wehrmacht organisierten Deportationsmärschen in nahe gelegene Zwangsarbeiterlager zum Opfer gefallen. Aber gleichwohl auch durch die Feuerstürme dezimiert, ausgelöst durch den Beschuss der Raumschiffe. Nun befanden sich lediglich noch rund zehntausend Zivilisten vor Ort, zumeist unterernährt und traumatisiert.

Paulus jedenfalls machte sein Versprechen an Schukow wahr, jene mitzunehmen, die mit den deutschen Truppen Richtung Westen fliehen wollten. Demzufolge befahl General der Artillerie Walter Heitz, der kommandierende General des VIII. Armeekorps, Oberst i. G. Friedrich Schildknecht, dass das Infanterieregiment 534 der 384. Infanteriedivision die Übernahme der russischen Zivilisten sowie die Eingliederung in die einzelnen Rückzugskolonnen vornehmen sollte. Daraufhin informierte Oberst Schildknecht, Divisionskommandeur Generalleutnant Eccard Freiherr von Gablenz, der wiederum Oberst Grauner, den Kommandeur des betreffenden Infanterieregiments davon in Kenntnis setzte. So lief die Befehlskette von oben nach unten. Letztlich wurde Leutnant Wolff als Zugführer benannt.

Aus diesem Grund fanden sich Steiner und Hedrich auf einmal inmitten der zivilen Eingliederungs- und Rückzugskolonnen. Diejenigen Zivilisten, die es nicht zu dem bereits zuvor mit den Sowjets kommunizierten Sammelplätze schafften, mussten in der Stadt zurückbleiben. So verschwammen die Grenzen zwischen Freund und Feind innerhalb weniger Stunden, obwohl die bestehenden Ressentiments und auch der, durch die jeweilige Staatspropaganda indoktrinierte Hass auf beiden Seiten keineswegs aus der Welt geschafft war. Doch im Angesicht einer völlig neuen Gefahr, der »Ur-Katastrophe«, wie sich Paulus ausdrückte, die das gesamte bisherige Weltbild auf den Kopf stellte, rückte man enger zusammen. Zumindest, wenn es um das nackte Überleben ging. Nun war man nicht mehr nur Deutscher oder Russe, sondern in erster Linie Mensch.

Gerüchte über die hässlichen Greys waren längst schon in aller Munde, wurden, wie es üblich war, mitunter ausgeschmückt. Was noch niemand ahnen konnte, dass selbst die absonderlichsten Klatschgeschichten maßlos untertrieben waren! Denn der Vernichtungswille und die Grausamkeit der Außerirdischen sollten sich in der Folge als absolut barbarisch herausstellen ...

Einer der Sammelplätze war eine alte, einst ziemlich stark umkämpfte Traktorenfabrik im westlichen Ortsteil Karpowka, die nun in russischer Hand war.

Als Steiner die hunderte von, mitunter verwahrlosten, hungernden, ängstlichen und hoffnungslosen Menschen sah, die unbedingt dem Kessel von Stalingrad entkommen wollten, tat es ihm in der Seele weh. Schließlich handelte es sich zumeist um Alte, Frauen und Kinder. Aber auch einige Überläufer und Hiwis, also einheimische Hilfskräfte und Kollaborateure, die der deutschen Wehrmacht halfen, befanden sich darunter. Ebenso die ausgetauschten Kriegsgefangenen, die sich ebenfalls in einem, zumeist erbärmlichen Zustand befanden.

Aufgrund der Masse der Flüchtlinge musste Leutnant Wolff entscheiden, wen er mitnehmen wollte und wer zurückbleiben musste. Da die Überlebenschancen der Greise allerdings gegen null gingen, entschied er sich überwiegend für Frauen und Kinder.

Dabei spielten sich mitunter dramatische Szenen ab, wenn Söhne und Töchter von ihren Vätern und Müttern und Enkel von ihren Großeltern getrennt wurden. Aber der »Schinderhannes« kannte kein Erbarmen, ließ seinen sadistischen Trieben freien Lauf und ordnete schließlich an, das Traktorenwerk unter Waffengewalt zu räumen. Allerdings wagte er es nicht, einen Feuerbefehl zu erteilen, um damit nicht die von höchster Stelle angeordnete Waffenruhe zu brechen.

Unter jenen, die sich der 6. Armee anschlossen, befanden sich etwa dreihundert Russen. Zumeist Frauen und Mädchen und nur ein paar Jungen, weil die allermeisten von den Männern an der Front kämpften. Aber auch einige wenige Hiwis und Überläufer waren darunter.

Die Zivilisten bestiegen die für sie vorgesehenen Lastwagen, Zugkraftwagen und wenigen, noch vorhandenen Halbkettenfahrzeuge. Die große Masse jedoch musste laufen.

Ab und an warfen sich Hedrich und Steiner heimliche Blicke zu, wenn sie sich wieder einmal der natürlichen Schönheit der Frauen in diesem riesigen Land bewusst wurden. Schließlich waren auch sie bloß Männer im Krieg, die seit vielen Monaten keinen Bezug mehr zum weiblichen Geschlecht hatten. Während einige Landser Prostituierte bezahlt hatten, die es zuhauf gab, weil die einheimischen Mädchen und Frauen einfach nur überleben wollten, hatten die Freunde auf solche Dienste verzichtet, obwohl sie zu Hause nicht gebunden waren. Gleich gar verurteilten sie Vergewaltigungen, die vielerorts geschahen, wenn fleischliche Lust das Tier im Manne entfesselte. Leider kamen diese schändlichen Verbrechen auf beiden Seiten vor.

Als Steiners Blick nun auf ein Mädchen fiel, dem ein Kamerad seines Regiments nur wenige Meter von ihm entfernt auf die Ladefläche eines LKW half, verschlug es ihm beinahe den Atem. Sein Herz machte einen Sprung.

Die Djewuschka, wie auf russisch junge Frauen und Mädchen genannt wurden, leuchtete wie ein Sonnenstrahl im grauen, trüben Licht, das über der Stadt lag. So jedenfalls kam es ihm vor.

Sie war etwa ein Meter siebzig groß und schlank und hatte ihr weizenblondes Haar zu einem Zopf zusammengebunden. Ihre blassen Gesichtszüge, in denen sämtliche Entbehrung des Kriegs standen, erinnerten dennoch an die einer Skulptur aus dem antiken Griechenland. Mit einer Haut wie reines Elfenbein, einer geraden Nase und vollen Lippen. Aber das Faszinierendste an ihrem Antlitz waren die großen, von langen, seidigen Wimpern umrahmten Augen. So blau wie ein, von Sonnenstrahlen erhellter Frühlingsmorgen. Ihre Hände waren schmal mit langen Fingern.

All das erfasste Steiner in Bruchteilen von Sekunden. Als sie ihm jetzt einen schnellen und eher zufälligen Blick zuwarf, erkannte er, dass ihre Pupillen meerwasserblau schimmerten. Wie nasse, funkelnde Diamanten. Augen, in denen ein schwaches, faszinierendes Leuchten glomm, die einer Frau gute und ehrliche Freundschaft und einem Mann verheißungsvolle

Leidenschaft, die Erfüllung seiner intimsten Träume und vor allem Treue verhießen. Ein derart wunderbares Geschöpf mit einer solch erhabenen Schönheit konnte einfach nicht irdisch sein. Jedenfalls nicht in dieser Blutmühle von Stadt ...

Dessen ungeachtet, dass sich Steiner inmitten der von Menschen geschaffenen Hölle befand, spürte er einen leisen, süßen Schmerz in sich, der ihn wiederum verwirrte, weil dieser die tiefe Einsamkeit in ihm aufhellte. In Wirklichkeit lag es daran, dass das Mädchen eine Wärme und Aufrichtigkeit ausstrahlte, durch die sich jene, die ihm begegneten, auf ganz natürliche Weise zu ihm hingezogen fühlten.

»Träumst du, oder was?« Der Ellbogenstoß, den ihm Hedrich, der neben ihm stand, feixend verpasste, holte ihn unvermittelt in die Grausamkeit der Realität zurück.

»Ich glaube, ich habe soeben eine Göttin auf einem Schlachtfeld gesehen.«

DRITTES KAPITEL

Trotz generalstabmäßiger Organisation bedurfte es beinahe übermenschlicher Anstrengungen zur Verwirklichung des Abzugs der 6. Armee aus Stalingrad, die vor allem der knappen Zeit geschuldet war.

Das Durchschleusen der Fahrzeug- und Marschkolonnen sollte westlich von Karpowka auf zuvor markierten Bahnen an den russischen Verbänden vorbei erfolgen. Darauf hatten sich die Generalstäbe hüben und drüben geeinigt. Zunächst mussten jedoch auf dieser Strecke die Minenfelder geräumt werden. Dazu orderte Generaloberst Paulus zwei Pionier-, ein Straßenbau- und ein Brückenbaubataillon ab.

Währenddessen marschierte das Riesenheer der Fulguren weiterhin unverdrossen in einer Zangenbewegung auf Stalingrad zu, zwangen somit die sowjetischen Verteidiger, sich in ihren ausgebauten Stellungen zu verschanzen. Das Zeitfenster bis zum ersten Aufeinandertreffen wurde immer kleiner. Und damit auch für die Deutschen.

Während die eine Seite auf die Außerirdischen wartete, warteten die anderen auf den Marschbefehl.

Am 27. Dezember 1942, dem Tag nach dem zweiten Weihnachtstag, war es schließlich soweit. Endlich waren die Minenfelder zumindest weitgehend geräumt und auch das Wetter zeigte ein Einsehen. Der Schneefall hatte aufgehört und die zweistellig unter null liegenden Temperaturen, sorgten dafür, dass die freigeschaufelten Bahnen zwar vereist, aber dennoch befahrbar waren. Bei Schneestürmen wie in den vergangenen Tagen wäre das kaum möglich gewesen.

Die Fulguren westlich der Wolga befanden sich noch einen halben Tagesmarsch entfernt, während östlich davon wohl in den nächsten beiden Stunden die ersten Kämpfe stattfinden würden.

Die dicht aufgeschlossene Kolonne aus Menschen, Fahrzeugen und Pferden schien unendlich, mit denen die über 200.000 Soldaten und Zivilisten transportiert wurde. Zum Glück waren so viele Wagen beschafft und erbeutet worden, dass kaum niemand die über 3.000 Kilometer bis nach Berlin zu Fuß marschieren musste. Auf den Fahrzeugen unterschiedlichster Art wurde sich im regelmäßigen Rhythmus abgewechselt. Ansonsten wäre das ein Ding der Unmöglichkeit gewesen. Die Zivilpersonen, überwiegend Frauen und Kinder, saßen müde und entkräftet und dennoch mit Hoffnung in den Herzen in besonders markierten LKW, behängt mit Decken und Zeltplanen, um der eisigen Kälte wenigstens ein wenig zu trotzen.

Weg, nur weg aus der Tretmühle aus Blut und Tod in ein, vielleicht besseres Leben. Jedenfalls besser als es in dieser ausgebombten, zerstörten Ruinenstadt war. Und weg von dem, wie ein Sturmgewitter aufgetauchten Grauen aus dem Weltall, einzig um pure Vernichtung zu bringen.

So oder ähnlich dachten sie.

Für die Verwundeten, die nicht nach Rostow ausgeflogen werden konnten, weil es einfach viel zu viele waren und es zu wenige Transportmaschinen gab, waren dreißig alte Mannschaftsomnibusse bereitgestellt worden. Auch hunderte Soldaten der 1. rumänischen Kavalleriedivision befanden sich im Tross. Allesamt Männer mit struppigen Bärten, gelben Lammfellmützen und erdbraunen Mänteln. Einige von ihnen mit, aus Fetzen von Sacktüchern umwickelten kaputten Juchtenstiefeln. Ihre stapfenden und schnaufenden Pferde, vor deren Mäulern und Nüstern weiße Atemwolken standen, sahen aus, als würden sie jeden Moment zusammenbrechen, erwiesen sich jedoch robuster als vermutet.

In den vorausfahrenden vierzylindrigen VW-Kübelwagen saß der Führungsstab der 6. Armee. Zuvorderst Generaloberst Paulus. Als Wetterschutz diente ein faltbares Verdeck aus Segeltuch sowie hochgezogene Seitenscheiben. Dennoch hatten sich die Insassen in Pelze und Decken gehüllt, um der Kälte zu trotzen. Gefolgt von den Horch-Typ-830-Kraftfahrzeugen mit V-8-Benzinmotoren und geschlossenen Aufbauten der Fernmeldeeinheit, die als Funkwagen benutzt wurden.

Auf den Panzern, die seitlich als Kolonnen-Begleitschutz mitrollten, saßen Soldaten in weißer Tarnkleidung. Die zusätzlich mitgeführten Raupenfahrzeuge erzeugten ein stetiges auf- und abheulendes Brummen.

Allen weit voraus, fuhren die Spähwagen, zumeist geländegängige Stoewer-40-Kraftfahrzeuge 2, die von Erhebungen und Hügeln aus Umschau hielten.

Der Konvoi bestand zudem aus eigenen oder erbeuteten Zugkraftwagen zum Abschleppen der schweren Artillerie, Halbketten-LKW und weiteren Lastkraftwagen, Selbstfahrlafetten, leichte und mittlere Schützenpanzer, schwere Wehrmachtsschlepper, Panzerspähwagen, verschiedene Geschützwagen, Infanteriegeschütze und Feldkanonen, die an Gespanne der noch nicht verhungernden Pferde angebracht waren. Ebenso gezogene 10,5-cm-Flak, 8,8-cm-Flak und 3,7cm-Flak 18, 36 und 37 sowie 5-cm-Pak 38, 3,7-cm-Pak 35/36. Allesamt mit Sonderanhänger. Hinzu kamen einige 15-cm-Nebelwerfer 41, 5-cm und 8-cm Granatwerfer und Munitionsschlepper. Von den Panzern waren nur dreiundzwanzig übrig geblieben, die weder von den Russen noch bislang von den Fulguren zerstört worden waren. Dabei handelte es sich um mittlere Kampfpanzer III und IV.

Bei allen Wagen, Fahrzeugen und Gerätschaften waren zwecks besserer Kontrolle zuvor mit weißer Farbe große Zahlen an die Wagenwände, Karosserien, Panzerungen und Gespanne gepinselt worden. Nichts gegen deutsche Gründlichkeit. Selbst im Chaos nicht.

Als sich die Kolonne schließlich in Marsch setzte, mutete es an, als würde ein verwundeter Drache erwachen, um sich in Sicherheit zu schleppen. Ein wahrlich symbolischer, aber nicht ganz unzutreffender Vergleich.

Vorbei ging es an ausgebombten Fahrzeugen, verendenden Pferden, zerstörtem Gerät und steinhart gefrorenen Leichen, flankiert vom Flackern der Feuer der Zerstörung. Stumme Zeugen und Zeichen der erbarmungslosesten Schlacht zwischen Deutschen und Russen und Außerirdischen.

Oberst Scherer, Kommandeur des Werfer-Regiments 53, regelte und sicherte mit seiner Einheit den Einbahnverkehr, hinaus aus der Stadt und in die umliegende Region. Das Durchschleusen auf den, mit farbigen Wimpeln markierten Wegen funktionierte weitgehend. Unter Feindbeschuss der Russen wäre das unmöglich gewesen, wenn auch einige Flakbatterien der 9. Flakdivision versucht hätten, den Weg vor den gepanzerten Iljuschin Il-2 »Sturmovik«-Schlachtflugzeugen zu sichern.

Die Armee-Nachrichtenführung lenkte den Rückzug mittels Funk. Die verbliebenen kampffähigen Panzer sollten zumindest notdürftig die Flanken der 6. Armee absichern, um so die Masse der Infanterie aus dem Kessel in die Weite der Steppe zu schleusen. Hinzu kam, dass der Marschweg zuvor kontrolliert werden musste, ob das Eis an manchen Stellen das Gewicht der einzelnen Fahrzeuge überhaupt trug.

So also schlängelte sich das endlose Band der abrückenden 6. Armee über Höhen und Niederungen in die weite Steppe hinein, die die Schicksalsstadt Stalingrad umgab.

Fünfzig Kilometer westlich würde sie sich mit den Rest-Verbänden der Heeresgruppe Don von Generalfeldmarschall Erich von Manstein vereinigen. In Dnepropetrowsk, am Dnjepr in der Westukraine gelegen, wartete Generalfeldmarschall Ewald von Kleists Heeresgruppe B. Im Mittelabschnitt der ehemaligen Ostfront bewegt sich die Heeresgruppe Mitte unter Generalfeldmarschall Günther von Kluge zurück. Und von Leningrad aus bewegte sich Generalfeldmarschall Georg von Küchler mit der Heeresgruppe Nord nach Süden, um sich in Minsk mit allen zu treffen.

Durch diese Zusammenführung entstand ein gigantisches Konglomerat der Restverbände der verschiedenen Heeresgruppen, die dann gemeinsam von Minsk nach Ostpreußen, Danzig und schließlich südwestlich nach Berlin marschieren sollten. Gewiss, der Weg direkt von Stalingrad ins ukrainische Kiew und von dort über das polnische Warschau in die Reichshauptstadt wäre um einiges kürzer. Doch die Befehle aus dem Führerhauptquartier lauteten eindeutig, dass sich die Truppenverbände vereinigen sollten, um danach den Bogen zur Ostsee zu machen. Sinn und Zweck dieses Unterfangs war, zunächst in Ost- und Westpreußen deutsche Flüchtlinge aufzunehmen, die ebenfalls von den Außerirdischen attackiert wurden. Den Oberbefehl über das so neu zusammengestellte Heer würde von Manstein übernehmen.

Doch so weit war es noch lange nicht, der Weg dahin steinig und blutig.

Was der normale Landser in diesen tragischen und sicher auch historischen Stunden nicht erfuhr, war die zunehmende Nervosität des Führungsstabes der 6. Armee. Da die Kolonne nicht so schnell vorankam, wie das zweigeteilte Heer der Fulguren, das sich somit von beiden Seiten direkt auf Stalingrad zubewegte, blieb eine Konfrontation mit deren Vorhut am Scheitelpunkt wohl nicht mehr aus.

Jedem verantwortlichen Offizier war bewusst, dass, wenn sie auf das Gros des feindlichen West-Heeres stoßen würden, sie kaum Aussicht auf ein erfolgreiches Rückzugsgefecht hätten. Dazu war die Übermacht einfach zu groß und somit das Schicksal der 6. Armee endgültig besiegelt.

Und nicht nur ihres.

Steiner und Hedrich gehörten nach wie vor einem Zug des IR 534 an, der für die Sicherung der Zivilisten zuständig war. Die beiden saßen mit anderen Kameraden auf einem Opel-Blitz-LKW, der dem letzten Fahrzeug mit den, überwiegend russischen Frauen und Kindern folgte. Es handelte sich um jenes, auf dem sich auch die junge Russin befand, die Max den Kopf verdreht hatte. Das nahm Julius natürlich zum Anlass, ihn bei jeder sich bietenden Gelegenheit zu triezen. Doch der Freund hörte schon gar nicht mehr hin.

Der, beinahe drei Tonnen schwere Lastkraftwagen mit Vierradantrieb bewegte sich schaukelnd auf dem vereisten Weg vorwärts. Die weißen Lichtkegel der Scheinwerfer torkelten ihm voraus, rissen das vordere Fahrzeug aus dem Dämmerlicht oder, bei jeder Kurve, die verschneiten Steppengräser am Rand der Fahrspur.

Träge bewegte sich die Kolonne durch das Licht des beginnenden Morgens. Die durchfrorenen Landser, die im Besitz von Winterkleidung waren, rafften auf den Sitzbänken des mit einer Plane bedeckten Pritschenaufbaus ihre gefütterten, feldgrauen Wolltuchmäntel zusammen. Doch nur wenige besaßen solche Übermäntel. Darunter auch Max und Julius, die dennoch ein Zähneklappern nicht unterdrücken konnten. Beim Sprechen stand die Atemluft wie Nebel vor ihren Lippen, denn durch die Ritzen der Planen wehte ein eiskalter Wind herein.

Manche Soldaten trugen einen dicken Wollschal um den Kopf, um ihn notdürftig vor dem Frost zu schützen, oder hatten ihre normalen Mäntel mit Zeitungspapier und Stroh ausgestopft. Dafür jedoch glichen ihre Füße Eisklumpen, weil Filzstiefel mit Lederkappen- und Sohlen entweder nicht ausgegeben oder erst gar nicht an die Front geliefert worden waren. Deshalb mussten sie mit den, eigentlich für die wärmeren Temperaturen ausgelegten und mit Sohlennägeln beschlagenen Marschstiefeln auskommen, über die oftmals aus Stroh geflochtene Überschuhe gezogen wurden.

Demzufolge war nicht nur die Kälte weit unter dem Gefrierpunkt, sondern auch die Stimmung.

»Dass wir verfluchte Iwans mitnehmen müssen, geht mir ganz gewaltig gegen den Strich!«, regte sich Heiko Schindler auf, der Max und Julius gegenübersaß. Er war ein verbitterter, dünner und nicht allzu großer Mann mit einer hässlichen Narbe auf der linken eingefallenen Wange. Allerdings stammte diese nicht aus dem Krieg, sondern von seinem Vater, der ihn als Kind mit einer Peitsche mit kurzem Griff und angehängten Lederriemen gezüchtigt hatte. Mindestens zweimal wöchentlich zog ihm der Alte als Strafe wegen Ungehorsams die Knute über. Manchmal sogar mitten durchs Gesicht. Die daraus entstehenden Narben entstellten ihn sein weiteres Leben lang. Eigentlich wäre er aufgrund dieser gewalttätigen

Kindheit zu bedauern gewesen, hätte er nicht selbst im Laufe der Zeit die sadistischen Züge seines Erzeugers angenommen.

»Diese Untermenschen haben unsere Kameraden wie Hasen abgeknallt und jetzt kutschieren wir sie auch noch in der Gegend herum! Wenn es nach mir ginge, würde ich kurzen Prozess machen und sie allesamt an den Bäumen aufknüpfen!«

»Krieg dich wieder ein, Schindler«, gab Steiner ärgerlich zurück. »Wir nehmen schließlich keine Rotarmisten mit, sondern Zivilisten. Vor allem Frauen und Kinder.«

»Und was ist mit den Hiwis?«, regte sich der Narbengesichtige auf. »Und den Überläufern? Traust du etwa diesen gottverdammten Kretins von Kollaborateuren? Ich nicht! Die hängen ihre Fahne in den Wind, wie es ihnen passt.« Schindler hielt kurz inne, bevor er weiter schimpfte. »Jedenfalls werde ich auf der Hut sein. Und wenn nur einer von ihnen einen falschen Schritt oder auch nur einen blöden Spruch macht, dann schieße ich ihm sein verfluchtes Gehirn aus dem hässlichen Schädel, so wahr mir der Führer hilft!«

Die übrigen Männer lachten, kannten sie doch den cholerischen Kameraden nur allzu gut. Aufgrund seines verbohrten Fanatismus wäre er eigentlich besser bei der SS aufgehoben gewesen, aber wegen seiner geringen Körpergröße wurde er abgelehnt. So blieb ihm nur der Dienst bei der »normalen« Truppe, was innerlich tief in ihm nagte.

Steiner schwieg, um die völlig unsinnige Diskussion nicht noch zu befeuern.

Wie ein Raubfisch, der einen Köder anvisierte, ließ Schindler jedoch nicht locker. »Oder geht es dir nur um die Russenweiber, Steiner?« Die tiefliegenden, kohlefarbenen Augen des Narbengesichts funkelten herausfordernd. »Willst wohl die kleine Blonde vor uns im LKW flachlegen, die du mit deinen Blicken schon ausgezogen hast, was?«

Jetzt grölten die anderen noch lauter und taten kund, dass sie es der jungen hübschen Russin ebenfalls gerne besorgen würden.

In diesen Moment bedauerte es Julius, dass er seinen Freund vor allen damit aufgezogen und ihnen damit eine Steilvorlage geliefert hatte.

»Ach, halt dein Maul, Schindler!« Steiners Entgegnung war barscher als beabsichtigt, hatte dieser doch einen Nerv in ihm getroffen.

Das dünne Narbengesicht fasst sich nun mit einer Hand in den Schritt und imitierte Selbstbefriedigung. Dabei gluckste er: »Djewuschka, Djewuschka ... ja ... ja ... gib's mir du geile Sau ...«

Der Faustschlag kam ansatzlos und wie aus dem Nichts. Steiners Knöchel rissen dem ihm gegenübersitzenden Mann die Unterlippe auf. Von der Wucht wurde dieser beinahe von der Sitzbank gestoßen.

»Ich sagte, halt dein verdammtes Schandmaul, Schindler!«

Sekundenlang herrschte Totenstille. Nur die lauten Fahrgeräusche drangen durch Ritzen der Plane. Die übrigen Kameraden und selbst Julius waren überrascht über Steiners heftige Reaktion, musste er doch wissen, dass das Narbengesicht ihn lediglich bis aufs Blut provozierte. Normalerweise ging keiner darauf ein.

Mit dem Handrücken wischte sich Heiko Schindler über den Mund, betrachtete die Blutspur, setzte zu einer scharfen Erwiderung an, die ihm jedoch im Halse stecken blieb. Denn Steiner war noch immer von wahnsinniger Wut beseelt und würde ihn erneut attackieren, vielleicht sogar totschlagen, wie er befürchtete.

Hedrich legte seinem Freund beruhigend die Hand auf die Schulter. Max schüttelte sie ab. Er brauchte Zeit, um wieder runterzukommen.

So verging Stunde um Stunde in angespannter Atmosphäre. Seit dem Zwischenfall mit Schindler sprach kaum mehr jemand im LKW.

Steiner ertappte sich dabei, immer wieder an die Russin zu denken. Wie es ihr wohl erging? Für sie musste die Situation noch schlimmer sein, denn sie musste notgedrungen ihre Heimat und eventuell ihre Familie verlassen, während die Deutschen nach jahrelangem Kampf in der Ferne endlich in das Vaterland zurückkehrten. Wenn auch unter äußerst ungünstigen Vorzeichen.

Doch weiter kam er mit seinen Überlegungen nicht, weil der Opel-Blitz-LKW jäh und ruckartig anhielt. Die Insassen wurden beinahe von den Sitzbänken geschleudert, so unerwartet kam das Bremsmanöver. Augenblicklich war klar, dass es sich keineswegs um einen geplanten Halt handelte, sondern offensichtlich Gefahr im Verzug war.

Die hektischen Rufe eines Offiziers von draußen bekräftigte diese Mutmaßung.

»Sofort absitzen! Los, los, los!«

Steiner, Hedrich und der Rest der Landser öffneten sowohl seitlich als auch hinten die Plane und stiegen eilends ab, die Karabiner im Anschlag.

Um sie herum wuselte es wie in einem Ameisenhaufen, weil von den anderen Fahrzeugen die Mannschaften ebenfalls abgestiegen waren. Obendrein die Zivilisten. Die Unteroffiziere hatten alle Hände voll zu tun, um Ordnung in die Reihen zu bekommen.

Zunächst schien unklar, was überhaupt los war. Doch dann tauchte plötzlich Leutnant Wolff auf.

»Feindkontakt in vorderster Linie!«, brüllte er. »Vermutlich die Vorhut der Fulguren-Armee, die auf Stalingrad zumarschiert und jetzt unseren Weg kreuzt.«

Natürlich war nicht ausgeschlossen, dass die Greys nicht nur die Kolonnenspitze angriffen, sondern den Konvoi in seiner gesamten Länge. Deshalb wurden die, mobil transportierten Geschütze, so schnell wie möglich in Stellung gebracht.

Keine Minute zu früh, denn gleich darauf brach das Unheil wie eine Flutwelle über die 6. Armee herein.

Das Erste, was Landser, Zivilisten und Hiwis registrierten, war, wie unter zigtausendfachem Getrampel der vereiste Boden unter ihren Füßen bebte. Vielleicht aber war es auch nur Einbildung.

Schon wenig später tauchte die vermutete Speerspitze des Grey-Heers am Horizont der tiefverschneiten Steppe auf. Zunächst nur als dunkler, unendlich scheinender Streifen, der sich über die eingefrorene Landschaft in Schwärmen einzelner Punkte auflöste, als wären es ziellos umherschwirrende Insekten. Allerdings täuschte dieser Eindruck, denn der Feind ging nicht unkontrolliert, sondern äußerst diszipliniert vor. Eine Szenerie, die sich jedem, der dieser gewahr wurde, bis an sein Lebensende einprägen würde. Begleitet von der Hoffnung, dass die Welle aus Leibern, die unaufhaltsam auf die Menschen zu rückte, nicht aus fremden Außerirdischen bestehen möge, über die nichts bekannt war, sondern vielmehr aus herkömmlichen Gegnern. Denn das, was da auf sie zumarschierte, war eine ganz andere, eine nie dagewesene Gefahr, die offenbar sämtliches menschliches Leben auslöschen wollte.

Generaloberst Paulus musste sich eingestehen, dass die vermutete Vorhut eine zahlenmäßig gewaltige Truppe darstellte, die im hiesigen Militär als Armee gegolten hätte. Denn sie umfasste an die 200.000 Infanteristen.

Natürlich hatten die Soldaten und Zivilisten niemals zuvor solche Wesen gesehen. Deshalb war das Erstaunen, das Erschrecken und mitunter der Schock über deren Anblick, enorm. Dieses Gefühlskarussell erfasste gleichermaßen Zivilpersonen sowie die unteren Dienstgrade der Soldaten, bis hin zu den obersten Rängen der Offiziere.

In diesen Minuten, in denen sie allesamt erstmals mit den Fremden aus dem Weltall konfrontiert wurden, spielten militärische Hierarchien keine Rolle mehr. Die bevorstehende Konfrontation betraf eine ganz andere Ebene. Nämlich jene von einer gewaltsamen Auseinandersetzung zwischen Menschen und Extraterrestrischen. Und niemand war darauf vorbereitet.

Das alles schoss Steiner in diesen schicksalhaften Momenten durch den Kopf. Damit war er bestimmt nicht der Einzige, der solche bitteren Gedanken hegte.

Währenddessen näherte sich die Phalanx der Angreifer stetig den eigenen, eiligst geschaffenen Verteidigungsstellungen.

Natürlich wartete die Artillerie darauf, bis die Grey-Armee in Reichweite der Batterien war. Für die mitgeführten schweren 15-cm-Infanteriegeschütze 33 lag diese maximal bei 4.700 Metern, für die 7,5-cm-leichten Infanteriegeschütze 18 bei 3.550 Metern und für die 8-cm-schweren Granatwerfer 34 bei 2.400 Metern.

Aufgrund der vorherigen Verluste der Luftwaffe über Stalingrad, war ein Gefecht der verbundenen Waffen nicht mehr möglich. Und somit auch nicht die Koordination von Feuer und Bewegung der eigenen Armee, um die Aufklärungs-, Wirkungs- und Bewegungsmöglichkeiten des Gegners zu

69

minimieren. Lediglich die noch verbliebenen dreiundzwanzig mittleren Kampfpanzer III und IV konnten die Stellungen verstärken.

Die Kommandeure der einzelnen Infanteriegeschützkompanien der Infanterieeinheiten warteten auf den Feuerbefehl ihrer vorgesetzten Dienststellen, doch zögerten diese den Feuerbefehl solange hinaus, bis die Fulguren auf drei Kilometer herangekommen waren. Dann bekommen die einzelnen Infanteriegeschützkompanien die Feuererlaubnis. Die vorderen Batterien, die unregelmäßig versetzt im Verteidigungsriegel standen, stimmten das Wiegenlied vom Tod an. Beinahe zeitgleich donnerten die Geschütze los. Mit ihrem unverkennbaren Heulen und Pfeifen zischten die Geschosse der IG 33 mit einer Mündungsgeschwindigkeit von 240 Metern die Sekunde und jene der IG 18 mit 210 Metern die Sekunde durch die Luft.

Vom Mündungsfeuer der Batterien färbte sich der Horizont von einer Seite zur anderen gleißend rot, durchsetzt von glühenden Leuchtkugeln, die zerplatzten und in weißen Sternen niedergingen. Gleich darauf schlugen die 38 beziehungsweise sechs Kilo schweren Sprenggranaten zwischen den Greys ein, um in vernichtenden Feuerbällen zu explodieren. Immer und immer wieder.

Schon alleine durch die entstehenden Druckwellen wurden viele ihrer feingliedrigen Leiber wie Papierblätter zerfetzt, anderen durch Schrapnelle einzelne Gliedmaßen abgetrennt, so dass sich ihre Körperteile durch die Explosionskraft Dutzende von Metern verstreuten. Neben ihnen flog der Dreck hoch, die Splitter surrten tödlich umher.

Es war ein großes Abschlachten.

Aus der Ferne sah es gerade so aus, als ob glühende Blumenkohle aus einer wogenden, grauen Masse emporstiegen, die in dichtem Rauch zerfaserten und somit das frühe Tageslicht noch trüber und farbloser erscheinen ließen, als es ohnehin schon war.

Die Erschütterungen der rasch aufeinander folgenden Detonationen des Sperrfeuers in die feindlichen Linien, um das Vorrücken zu unterbinden, erinnerten an lang anhaltende Erdstöße. Doch selbst das donnernde Brüllen der Geschütze konnte die ohrenbetäubenden schrillen Schreie der Greys nicht übertönen. Es war schrecklicher als der Gesang des Teufels direkt aus der Hölle. Jeder, der das Todesgeheul hörte, wich unwillkürlich das Blut aus den eingefallenen, verdreckten Gesichtern.

Ungeachtet dessen erfolgten weitere Artillerieblitze und blendende Explosionen im Zentrum der Grey-Truppen, die tiefe Bodenkrater hinterließen. Aufgrund der stetig verkürzten Feinddistanz kamen nun auch die schweren Granatwerfer 34 zum Einsatz, die ihre dreieinhalb Kilo schweren Granaten abfeuerten.

Blutfontänen, zerfranste Fleischfetzen und weitere abgetrennte Gliedmaßen spritzen wie Sägespäne durch die rauchgeschwängerte Luft. Andere Außerirdische verwandelten sich in brennende Fackeln, die wie groteske Glühwürmchen umhertorkelten, um schließlich endgültig zu Asche zu verbrennen.

Für die Militärs der 6. Armee war es nahezu unverständlich, wie der Feind seine Infanterie ohne Artillerieunterstützung ins Feld schickte, sie geradezu skrupellos opferte.

Doch trotz der Tatsache, dass ihre Artilleriegeschütze verheerende Lücken in die längst nicht mehr geschlossenen Reihen des Gegners rissen, bewegte sich der Strom der grauen Leiber unentwegt auf die Verteidigungslinie der Kolonne zu. Dadurch waren die Richtschützen gezwungen, ihre Geschütze immer wieder neu zu justieren. Denn noch befanden sich die Fulguren außerhalb der Reichweite der leichten Infanteriewaffen der Menschen. Das würde sich aber schon bald ändern.

»Gnade uns Gott, wenn die Außerirdischen uns nicht nur ihre Vorhut, sondern gleich die ganze Armee entgegenschicken«, rief Hedrich seinem Freund zu, der genauso wie er selbst hinter dem LKW in Stellung stand und seitlich daran vorbei spähte. Steiner stimmte ihm mit einem stummen Nicken zu.

Wieder krachten die Geschütze los, pflügten reihenweise Greys wie lästige Insekten von der Bildfläche. Granaten heulten um die Wette. Allerdings wurde langsam klar, dass die Feuerkraft nicht ausreichte, um die gesamte Länge der Angriffslinie einzudecken. Dementsprechend ordneten die einzelnen Kommandeure in Abstimmung zueinander an, abwechselnd das Zentrum des Fulgurenverbandes, als auch dessen Flanken zu beschießen.

Unentwegt spuckten die Gussstahlrohre der Kanonen, die längst so heiß wie Bratpfannen auf einem offenen Feuer waren, den gegnerischen Sturmtruppen ihre vernichtenden Sprengladungen entgegen. Hingegen marschierten die Greys scheinbar völlig unbeeindruckt weiter.

»Sie werden uns schon bald überrennen!«, stellte Hedrich mit einem Anflug von Bitterkeit fest und duckte sich tiefer hinter seine Deckung.

In der Tat, das werden sie, dachte Steiner, behielt es aber lieber für sich, um weder seinen Freund noch seine übrigen Kameraden, die sich neben ihm befanden, zu demoralisieren. Der Feind war einfach zu überlegen. Die graue, wenn auch durchlöcherte Wand, die sich weiterhin auf die Verteidiger zuschob, schien völlig unbeeindruckt von den eigenen immensen Verlusten zu sein.

Als die Fulguren nur noch wenige hundert Meter von der Verteidigungslinie entfernt waren, ließ Generaloberst Friedrich Paulus den Feuerbefehl für die verbliebenen Panzer erteilen.

Die 5-cm-Kampfwagenkanonen 38 der mittleren Panzer III sowie die 7,5-cm-KwK des mittleren Panzers IV, die die Hauptbewaffnung in den Türmen darstellten, spuckten ihre tödlichen Geschosse dem Feind entgegen.

Der Blutzoll der außerirdischen Angriffsformationen war erneut enorm. Obwohl sie bereits unzählige Soldaten verloren hatten, schien sich die Lage der Deutschen nicht wesentlich zu verbessern. Denn erst jetzt wurde ersichtlich, dass sich hinter der Fulguren-Armee, die fälschlicherweise als Vorhut eingeschätzt worden war, weitere Truppen in gleicher Stärke befanden. So kam es, dass sich die durch das Geschützfeuer gelichteten Reihen schon wenig später vom rückwärtigen Raum wieder auffüllten. Die Fulguren schienen geradezu ein unerschöpfliches Reservoir an Kämpfern aus der sprichwörtlichen »Hölle des Himmels« zu besitzen!

Paulus reagierte sogleich, wies die Auflösung der vordersten Verteidigungslinie an, um sie mit der zweiten zu einem einzigen Abwehrwall zu vereinigen.

Jetzt befanden sich die Greys in Reichweite der leichteren Infanteriewaffen. Die Kompanieführer brüllten ihre Feuerbefehle. Tausende 7,92-mm-Karabiner 98K krachten nahezu gleichzeitig los, unterstützt von den trockenen Salven Hunderter schwerer, auf Dreibeinen montierter MG 34, die rund 900 Schuss pro Minute verfeuerten.

Wie wütende Bienenschwärme surrten Abertausende Projektile verschiedener Waffengattungen den Angreifern entgegen, zerfetzten ein ums andere Mal ihre Schädel, stanzten Löcher in ihre Leiber oder trennten ihnen die Gliedmaßen ab. Mit ihren Arm- und Beinstümpfen torkelten die Schwerverletzten wie in einer grotesken Tanzvorführung über das Schlachtfeld, bis sie zusammenbrachen und den Schnee graublau färbten.

Unaufhörlich feuerten die Schützen der 6. Armee aus allen Rohren. Erneut rissen ihre Geschosse große Lücken in die Sturmtruppen der Außerirdischen.

Erstmals kam die Angriffswelle zum Stocken, weil sich inzwischen die toten Leiber vor den Nachrückenden stapelten.

Unterdessen waren die Fulguren so nahe heran, dass die Landser direkt in ihre mandelförmigen, tiefschwarzen und seelenlosen Augen starren konnten. Die eiskalten Blicke, die ihnen daraus entgegenschlugen und in denen sie glaubten, Mordlust glitzern zu sehen, jagten ihnen eine Gänsehaut nach der anderen über die Rücken.

Im wahrsten Sinne des Wortes waren die zwei Meter großen Wesen, mit den dünnen Gliedmaßen, trotz ihres humanoiden Aussehens absolut wesensfremd. Die Atem- und Gehöröffnungen unter den Sehwerkzeugen und an den Außenseiten in den riesigen, durch Höhenwachstum geprägten Schädel, pochten rasend schnell. Auf einmal öffneten sich die strichartigen, lippenlosen Münder zu einem ohrenbetäubenden Geschrei, der den Verteidigern beinahe die Trommelfelle zerriss.

Dieses Mal handelte es sich jedoch keineswegs um Todes-, sondern um Kampf- und Angriffsschreie. Gleichzeitig rissen die Greys ihre fremdartigen Waffen in die Höhe und betätigten sie durch einen Druck auf die hammerkopfartigen Module, die offenbar die Griffe bildeten. Im Nu blitzte den Landsern aus den Mündungen eine Kaskade aus zigtausenden orangegleißenden Energiestrahlen entgegen. Dort, wo diese ihre menschlichen Gegner trafen, verbrannten und verdampften sie auf der Stelle. Fahrzeuge und Militärgerät zerschmolzen in Sekundenschnelle.

Die pure Wucht, mit der die Außerirdischen die Menschen attackierten, stand im krassen Widerspruch zu ihrer zuvor gezeigten Opferbereitschaft. Spätestens jetzt wurde den Deutschen bewusst, dass sie diesen Gegner völlig unterschätzt hatten. Einen Gegner, der es in Kauf nahm, Tausende eigener Kämpfer zu opfern, um danach mit ihrer überlegenen Waffentechnik Tod und Verderben unter die Verteidiger zu tragen!

Zwischenzeitlich überwanden die Greys die Leichen ihrer Artgenossen, die übereinandergestapelt vor der Artillerie der Menschen lagen. Nur noch wenige hundert Meter trennten beide Spezies voneinander.

Das Vorhaben, einen Nahkampf zu vermeiden, war gescheitert. Das wusste auch Generaloberst Paulus und sein Führungsstab. Da sich die eigenen Verbände mehr oder weniger auf offenem Gelände der Steppe befanden, gab es keinen Fixpunkt, um sich von der Kampflinie zurückzuziehen. Nichtsdestotrotz strengten, auf seinen Befehl hin, verschiedene Truppenteile eine halbwegs geordnete Absetzbewegung ins Hinterland, und damit ein gefechtsmäßiges Lösen vom Feind an. Ein, in Anbetracht der Kampfhandlungen, wenigstens einigermaßen geregelter Rückzug unter Feindeinwirkung, wie er nun durchgeführt wurde, zählte mit zu den schwierigsten Militär-Manövern. Ein solcher unterschied sich elementar von einer Flucht, die ungeordnet, unkoordiniert und planlos ablief.

Diese Taktik war notwendig, da der Druck auf die verteidigende 6. Armee immens geworden war. Zudem ergab die aktuelle Frontlinie keine optimalen Ausgangspositionen für weitere defensive Aktionen. Ganz im Gegenteil drohte ein Desaster. Unzählige Soldaten samt Ausrüstung waren in kürzester Zeit gefallen. Und das war erst der Anfang, wie es schien.

Im aktuell durchgeführten Abwehrgefecht wurde versucht, die schwächsten Truppenteile rückwärtig zu bewegen. Gedeckt wurde dieses Ausweichen durch eine Nachhut aus verschiedenen Regimentern, während das Gros der 6. Armee sich nach wie vor im Kampf befand.

Auch Steiner und Hedrich feuerten mit ihren Gewehren aus vollen Rohren auf die Greys. Allerdings taugte die Deckung, die aus dem Truppentransporter bestand, nicht viel, da diese jederzeit unter der Einwirkung der Energiewaffen völlig zerstört werden konnte.

Die Toten, Sterbenden und Verwundeten auf beiden Seiten, samt der qualmenden Schlacke, lagen so zahlreich auf dem Schlachtfeld, dass vom Schnee fast gar nichts mehr zu sehen war.

Die Landser suchten in Bodenlöchern, Mulden, Bombentrichtern oder anderen Vertiefungen im, urplötzlich zur Front gewordenen zerrissenen Terrain, Schutz vor den hocheffektiven Energiestrahlen. Währenddessen krachte um sie herum weiter das Todesbrüllen von Explosionen und das Dröhnen der Granaten.

Aus der Vogelperspektive sah es gerade so aus, als würde sich ein hunderttausendfacher Schwarm von Aasgeiern auf einen Haufen verstreuten Menschenfleischs niederstürzen. In Wirklichkeit jedoch war der konzentrierte Wirbelsturm der außerirdischen Aggressoren um ein Vielfaches verheerender.

Das Abwehrgefecht war aussichtslos. Die Greys überrannten die deutschen Truppen regelrecht, die weiterhin verzweifelt die Stellung halten wollten. Gleichwohl war es dennoch einigen Kampfgruppen gelungen, die angeordnete Absetzbewegung durchzuführen, um sich so zunächst dem Feindfeuer zu entziehen.

Diejenigen Landser, die es nicht schafften und sich voller Entsetzen in den Erdlöchern verkrochen, wurden letztlich gnadenlos von den Außerirdischen eliminiert.

Ein Schütze, kaum über der Schwelle vom Jungen zum Mann, weinend und völlig verängstigt, presste das verdreckte Gesicht in die halb erfrorenen Hände, als wollte er nichts mehr von diesem Abschlachten sehen. Da sein Stahlhelm während der Kampfhandlungen weggepurzelt war, hob sich sein Flachskopf deutlich vom Schnee ab.

Als die Greys näher kamen, kroch der blutjunge Soldat mit zuckenden schmalen Schultern vor ihnen weg und damit genau in einen anderen Pulk des Feindes. Als ein Energiestrahl ihn traf, vermeinte er für den Bruchteil einer Sekunde, sein

Rücken würde in Flammen stehen. Dann war er komplett verkohlt.

Ein winziger Ausschnitt des Sterbens in einer geradewegs epischen Schlacht zwischen Menschen und außerirdischen Invasoren.

Die LKW mit den Zivilisten, für deren Sicherung der Zug des IR 534 zuständig war, dem auch Steiner und Hedrich angehörten, sollten sich ebenfalls von der Frontlinie ins Hinterland absetzen, um dem brutalen Gefecht zu entgehen.

Doch dafür war es jetzt zu spät, denn es gelang nicht mehr, die Zivilisten-Kolonne aus der unmittelbaren Gefahrenzone zu bringen.

Die Greys kreisten die Fahrzeuge ein, so dass sich die Schlinge stetig weiter zu zog. Dutzende LKW waren bereits zu Metallklumpen zerschmolzen. Und mit ihnen die Flüchtlinge.

Dabei hatte sich der Nahkampf Mensch gegen Aliens längst zu einem blutigen Gemetzel entwickelt, bei dem die verbliebenen, sich dennoch tapfer wehrenden Landser haushoch unterlagen. Einer nach dem anderen fiel den Energiestrahlen zum Opfer, versengten und verkohlten. Ihre sterblichen Überreste aus schwarzer, qualmender Schlacke bedeckte den Boden rund um die Flüchtlings-LKW. Der Gestank nach verbranntem Menschenfleisch, der über die Steppe wehte, war unerträglich.

Aber noch etwas weitaus Schlimmeres und absolut Grauenvolles offenbarte sich bei diesem schonungslosen Gefecht, das im großen Maßstab nicht aus der Luft, sondern von Mann gegen Alien geführt wurde. Erst jetzt wurde ein weiteres körperliches Merkmal der Greys offensichtlich, besaßen sie doch ein kräftiges Gebiss mit rasiermesserscharfen, schwarzen, wie verfault anmutenden Zähnen. Wie bei einem Hai lagen mehrere Zahnreihen hintereinander, wobei die vordersten aufrecht standen, während die hinteren sich nach und nach aufrichten konnten. Damit rissen sie ihre Gegner regelrecht in Stücke!

Dabei gebärdeten sich die Fulguren, die den Menschen nahegekommen waren, tatsächlich wie Vampire. In Sekundenschnelle schlugen sie ihre bleckenden, grässlichen Zähne in die pochenden Halsschlagadern der Landser, um sie gleich darauf herauszureißen. Blutfontänen spritzten aus den tiefen Wunden.

Andere wiederum bissen wie Kannibalen ganze Fleischstücke aus den entsetzten Gesichtern der Männer und spuckten sie wieder aus.

Es war der blanke Horror!

Steiner sah neben sich einen Kameraden auf diese schreckliche Art und Weise sterben, noch bevor er dem Fulguren einen Fangschuss in den überdimensionalen Schädel jagen konnte.

Ein anderer Landser, der vor ihm kämpfte, wurde von einem feindlichen Energiestrahl gestreift. Orangefarbene Hitze explodierte mitten in dessen Gesicht, verbrannte innerhalb von Mikrosekunden seinen Kopf. Und gleich darauf fraß das energetische Feuer seinen gesamten Körper und verdampfte ihn, als hätte er nie existiert.

Entsetzt warf sich Steiner zur Seite, entging so einer weiteren orangegleißenden Lanze. Dennoch spürte er die unfassbare Hitze, die ihm die Haarspitzen versengte. Ein Vorgeschmack auf die Pein des eigenen Todes, sollte er jemals von den fremdartigen Waffen getroffen werden.

Als er sich schnell vom hartgefrorenen Boden wieder aufrappelte, zuckten erneut feingebündelte energetische Impulse vor ihm auf, schlugen in einen Stoewer 40 hinter ihm ein, der in einiger Entfernung zum Stehen gekommen war. Der leichte und geländegängige Einheits-PKW der Wehrmacht explodierte mit einer ohrenbetäubenden Detonation in einem gigantischen Feuerball. Bis auf einen verglühende Metallklumpen blieb von dem Fahrzeug und dem Fahrer nichts mehr übrig.

Die durch die Explosion entstandene Druckwelle erfasste Steiner, der wie von einer unsichtbaren Faust getroffen meterweit durch die Luft geschleudert wurde. Schwer schlug er auf dem hartgefrorenen Boden auf, verlor dabei jedoch sein Gewehr keineswegs, dass er so fest umklammerte, dass seine Fingerknöchel weiß und spitz hervortraten.

Im Liegen sah er sich um. Tiefes Entsetzen grub sich in seine Gesichtszüge. Von ihrem Zug war lediglich ein halbes Dutzend Männer übrig geblieben. Wild um sich schießend, sammelten diese sich um den letzten intakten LKW in ihrer unmittelbaren Umgebung. Darin hockten noch immer die völlig verängstigten und geschockten russischen Zivilisten.

»Wir müssen sofort von hier verschwinden!«, schrie Julius seinem Freund ins Ohr, während er ihm auf die Beine half.

Zweifellos hatte er recht. Um sie herum hörte das Sterben und Schlachten nicht auf. Mit Verstärkung konnten sie nicht rechnen, weil sie inzwischen von den anderen Kampfgruppen abgeschnitten waren. Gleich gar von jenen, die sich abgesetzt hatten. Nun waren sie ganz alleine auf sich gestellt!

Die Landser drängten auf die Pritschen im LKW.

»Mach Platz, du Russenschlampe!«, herrschte der narbengesichtige Heiko Schindler eine ältere Frau an, die ihn zwar nicht verstand, aber sich wegen seines rüpelhaften Benehmens erschrocken an ihre Nebensitzerin drückte. Insgesamt handelte es sich bei den Zivilisten um sechs Frauen, vier Kinder und zwei Männer.

Steiner, der noch zwischen den Sitzbankreihen stand, hatte keine Zeit sich um Schindler zu kümmern, weil in diesem Moment ein Grey den Aufbau erklimmen wollte. Da er aufgrund des beengten Platzes das Gewehr neben sich abgestellt und dafür seine Pistole P 08 in der Faust hielt, zog er sofort den Abzug durch. Die 9-mm-Parabellum-Kugel stanzte dem Außerirdischen ein Loch zwischen die schwarzen Mandelaugen und stieß ihn hinterrücks in den Schnee hinaus. Die Plane war mit Geweberesten seines Gehirns und graublauem Blut besprengt.

In diesem Moment fuhr der Opel Blitz-LKW an. Zum Glück war der Fahrer am Leben. Steiner verlor beinahe das Gleichgewicht, doch Hedrich, griff nach ihm und zog ihn neben sich auf die Pritsche. Alle rückten noch weiter zusammen. Die Kinder fingen erneut zu schreien an.

Stumm und mit blinder Todesangst erfüllt hockten die Zivilisten mit den fünf Wehrmachtssoldaten auf der Ladefläche des Fahrzeugs. Der sechste saß vorne in der Kabine am Steuer.

Die Frauen wagten keinen einzigen Blick in die verschwitzten, rußgeschwärzten und mit dem graublauen Blut der Fulguren besudelten Gesichter der Deutschen. Allesamt handelte es sich bei ihnen um harte Männer, die in diesem Krieg schon durch zahlreiche Höllen gegangen waren. Das schweißte sie zusammen und bestärkte sie darin, niemals aufzugeben. Dennoch war dieser neue Feind schrecklicher, als jeder andere, den sie bisher gesehen, oder bekämpft hatten.

Von draußen klang noch immer das Lied von Tod und Sterben herein, das sämtlichen Kampfhandlungen zu eigen war. Allerdings wurde es stetig leiser.

Steiner riskierte einen Blick durch einen Spalt in der Plane und erkannte, dass viele Zugkraftwagen, Lastwagen, Schützenpanzer, Wehrmachtsschlepper, Späh- und Geschützwagen und selbst mobile Artilleriegeschütze und Kampfpanzer, die allesamt die Kolonne der 6. Armee aus dem Kessel von Stalingrad begleitet hatten, nur noch rauchende Metalltrümmer waren. Von den Pferden war gar nichts mehr übrig, außer Asche. Allerdings zeichneten sich in der Ferne auch unzählige weitere ab, denen es aufgrund der rechtzeitigen Absetzbewegung gelungen war, sich den barbarischen Außerirdischen zu entziehen. So wie sie es selbst mit dem, in einem waghalsigen Tempo durch die Steppe rastenden Opel Blitz geschafft hatten, der letztendlichen Vernichtung zu entgehen.

Was Steiner und seine Kameraden zu diesem Zeitpunkt nicht wissen konnten, war der Umstand, dass noch während des Rückzugsgefechts der 6. Armee die Restverbände der Heeresgruppe Don zu ihr gestoßen war. Ohnehin wollten sich die Restarmeen vereinigen, um, ebenso später mit den Heeresgruppen A, B, Mitte und Nord, als zusammengeführter gewaltiger Verband ins Vaterland zurückzukehren. Der Kampf gegen die Außerirdischen hatte wahrlich globale Ausmaße angenommen. Jene Länder, die sich zuvor in diesem furchtbarsten Krieg der Menschheitsgeschichte mit den Alliierten oder den Achsenmächten erbarmungslos bekämpft hatten, legten nun ihren Fokus darauf, die Invasion der Fulguren in ihrer Heimat abzuwehren. Nur das zählte noch in dieser, von Blut und Tod gezeichneten und irgendwie verlorenen Welt.

»Wohin fährt dieser Idiot eigentlich?«, platzte es irgendwann aus Schindler heraus, womit er unzweideutig den Fahrer meinte.

»Küssling hat uns das Leben gerettet, falls du das noch nicht mitbekommen hast«, entgegnete Julius barsch. Das Nervenkostüm der Männer und Frauen lag blank. Kein Wunder bei dem, was hinter ihnen lag. »Er kennt sich hier aus und fährt bestimmt nicht blindlings und ohne Plan in die Steppe hinein.

Zunächst gilt es, uns vor den Greys in Sicherheit zu bringen. Schließlich sind auch Kinder bei uns.«

Max hielt inne, riskierte einen verstohlenen Blick zu der jungen blonden Djewuschka hinüber, die ihm schräg gegenübersaß. Ihr filigranes Antlitz schien noch blasser als vor Stunden, als er sie zum ersten Mal gesehen hatte. Ihre herrlichen himmelblauen Augen wurden von den langen seidigen Wimpern verdeckt, weil ihr Blick auf den Fahrzeugboden gerichtet war. Dabei hatte sie vollen Lippen zusammengepresst. Ihre schmalen Hände lagen wie im Gebet zusammengefaltet in ihrem Schoss. Auch durch die dicke Winterkleidung war ihre große, schlanke Gestalt gut zu erahnen.

Für Steiner war diese junge Frau nahezu perfekt. Und bei jedem heimlichen Blick, schien sein Herz noch schneller in seiner Brust zu schlagen. Zweifellos war er dabei, sich in die Unbekannte zu verlieben.

»Alles klar, Steiner?« Die hämische Stimme Schindlers riss ihn aus seinen Träumen und in die bittere Realität zurück. Ihm war nicht entgangen, wie sein Kamerad das Mädchen immer wieder anstarrte.

Der Angesprochene war im Begriff aufzuspringen, wurde aber von Hedrich zurückgehalten.

»Spar dir jeden Kommentar!«, giftete Max stattdessen mit geballten Fäusten.

Das Narbengesicht, das den Faustschlag, den er schon einmal verpasst bekommen hatte, ganz gewiss nicht vergessen hatte, hob abwehrend die Hände. »Reg dich bloß nicht auf, Steiner!« Dennoch konnte er es nicht lassen, weiter zu provozieren. »Aber getroffene Hunde bellen nun mal ...«

In diesem Moment kam der LKW ruckartig zum Stehen.

Überrascht bedeuteten die Landser den Zivilisten, sitzen zu bleiben, während sie selbst vorsichtig und angespannt abstiegen. Zuerst galt es in Erfahrung zu bringen, weshalb Küssling überhaupt angehalten hatte.

Schnell wurde ersichtlich, dass sie sich inmitten eines verlassenen Waldlagers aus niedrigem Nadelgehölz befanden, das aus sogenannten primitiven »Finnenzelten« bestand. Dabei handelte es sich um runde, nach oben spitz zulaufende Gebilde, im Zwölfeck zusammengestellt, aus sechzig Zentimeter breiten und zwei Meter hohen Hartfaserplatten, überdacht mit Latten genagelter, imprägnierter Doppelpappe. Die Schmalseiten hingegen waren mit Brettern verschalt. An einer solchen gab es jeweils eine Türe. Jedes dieser, zur Tarnung grüngestrichenen Zelte besaß einen Durchmesser von fünf Metern. Letztlich stellten diese Finnenzelte nichts anderes, als Notbaracken für eine Unterkunft dar, die allerdings nur Wärme gaben, wenn sie bis zur halben Höhe in die Erde eingegraben wurden.

»Wo sind wir hier?«, wollte Steiner wissen.

»Irgendwo in der Nähe von Nowy Rogatschik, einer Siedlung in der Oblast Stalingrad«, gab Werner Küssling zurück. Er zündete sich eine Zigarette an, inhalierte tief und stieß den Rauch durch die Nasenlöcher wieder aus.

Schindler trat wegen der beißenden Kälte von einem Fuß auf den anderen. »Warum bist du eigentlich nicht in die Richtung gefahren, in der sich unsere Restverbände abgesetzt haben? Stattdessen stehen wir nun mutterseelenallein, mit diesen verfluchten Russenflüchtlingen irgendwo in der Einöde herum.«

Küssling, ein hagerer, strammer Mann mit normalerweise gewachstem, getrimmtem Zwirbelbart und bereits angegrauten Haaren, antwortete nicht sofort, sondern nahm erneut einen tiefen Zug von seiner Kippe. »Weil uns der Weg dorthin von den Fulguren abgeschnitten wurde! Wir können von Glück sagen, dass es noch gelungen ist, durch die, sich schnell schließenden Zange des Feindes zu schlüpfen.«

»Und was jetzt?« Schindler war rot angelaufen. »Sollen wir hier in dieser gottverlassenen Gegend etwa verrecken?«

Genervt schnippte der Fahrer die Kippe in den Schnee. »Weißt du was«, wandte er sich an den ewig nörgelnden und cholerischen Kameraden. »Anstatt wenigstens ein bisschen Dankbarkeit zu zeigen, machst du mich blöd an! Leck mich einfach am Arsch, Schindler!«

Das Narbengesicht war so überrascht von dieser Retourkutsche, dass er nicht wusste, was er entgegnen sollte. Stattdessen starrte er die Männer wutentbrannt an und wandte sich von ihnen ab.

Natürlich stellte sich die von ihm aufgebrachte Frage zwangsläufig. Hinzu kam, dass sich unter dem halben Dutzend Landser weder ein Offizier noch ein Unteroffizier, nicht einmal ein Gefreiter befand. Das machte eine Entscheidungsfindung aufgrund fehlender Befehlskette nicht gerade einfach.

»Ich würde vorschlagen, dass wir auf das hören, was Küssling vorschlägt«, meinte Steiner schließlich und blickte in die Runde. »Er kennt sich in dieser Gegend besser aus als jeder andere von uns.«

Hedrich und die drei weiteren Schützen nickten. Schindler, der nach wie vor abseits stand, enthielt sich seiner Meinung, obwohl er gehört hatte, was Steiner verkündet hatte.

Küssling hob die Hände. »Also hört mich an. Wir wissen, dass sich Mansteins Heeresgruppe Don mit der 6. Armee vereinigen wollte. Doch durch den Überraschungsangriff der Fulguren können wir nicht sicher sein, ob es dazu überhaupt gekommen ist. Nichtsdestotrotz warten in Dnepropetrowsk am Dnjepr in der Westukraine die Reste der Heeresgruppe A, sowie die 1. Panzerarmee und die 17. Armee auf unsere Verbände. Von dort aus soll es dann nach Minsk gehen, um sich mit Leebs Heeresgruppe Nord, die von Leningrad kommt, und der Heeresgruppe Mitte, zu treffen. Aufgrund der, von den Greys neu gezogenen Frontlinie bleibt wohl nichts anderes übrig, als dass wir uns alleine nach Dnepropetrowsk durchzuschlagen.«

»Das sind etwa 900 Kilometer«, gab Julius zu bedenken.

Küssling nickte. »Wir können davon ausgehen, dass uns die Rote Armee bis dorthin nicht im Wege stehen wird. Denn der gemeinsame Feind, dem sich die Menschen nun gegenübersehen, sind die Fulguren. Deshalb werden wir viel schneller vorankommen.«

»Was aber, wenn uns diese Bastarde aus dem Weltall aufstöbern? Dann haben wir keine Chance«, ließ Julius nicht locker. Das war keine Frage, sondern eine Feststellung.

Die Männer diskutierten noch eine Viertelstunde weiter, wägten sämtliche Möglichkeiten und Risiken ab, um zum Schluss zu kommen, dass ihnen keine andere Wahl blieb. Selbst Schindler, der sich nun ebenfalls an dem Gedankenaustausch beteiligt hatte, sah das ein.

»Ich würde vorschlagen, dass wir morgen aufbrechen«, meinte Küssling dann. »Bald setzt die Dämmerung ein und bei Nacht ist es in diesem unwegsamen Gelände einfach, zu riskant zu fahren. Schon ein simpler Platten kann unser Vorhaben zunichtemachen, weil es auf dieser Scheißkiste nur zwei Ersatzreifen gibt und die sind beide mit Nägeln durchlöchert wie ein Sieb. Deshalb sollten wir hier unser Lager aufschlagen. Wie ich gesehen habe, befindet sich in einem der Finnenzelte sogar ein kleiner Kanonenofen, den wir beheizen können, damit wir in der nächtlichen Eiseskälte nicht erfrieren.«

Unumwunden stimmten die übrigen Landser diesem Vorschlag zu.

Da es allerdings nur ein Zelt mit einer Heizmöglichkeit gab, mussten sie alle gemeinsam mit den Flüchtlingen dort unterkommen. Platz hingegen gab es genug. In einer derartigen Erdhütte konnten sich bis zu zwanzig Menschen aufhalten.

Normalerweise wurde der Kanonenofen mit Kohle befeuert. Aber nirgends fand sich auch nur ein einziges Brikett oder ein Stück Eierkohle. Deshalb sammelten Soldaten und Zivilisten, die unfreiwillig zu einer Gemeinschaft zusammengeschweißt waren, Holz und Torf, während Steiner in der Nähe des LKW Wache schob. Julius würde ihn später abwechseln. Und so ging es dann der Reihe nach.

Zunächst einmal hieß es Essen fassen. Aus einem der mitgeführten Proviantsäcke holte Anastasia Kartoffeln heraus, schälte sie und schnitt sie in honiggelbe Scheiben, die sie anschließend in eine, ebenfalls mitgenommene Eisenpfanne legte. Danach stellte sie diese auf den Kanonenofen. Obwohl dieser kein eigentlicher Herd war, würde er dennoch seinen Zweck erfüllen.

Schon wenig später brutzelten die Erdäpfel in der Pfanne, verbreiteten einen köstlichen Duft, der die hungrigen Mägen der Menschen rumoren ließ.

Minuten darauf saßen sie vereint bei Bratkartoffeln und Matjesheringen zusammen. Keiner von ihnen konnte ahnen, dass das Grauen bereits zu ihnen unterwegs war.

Als tiefste Nacht, über die unendliche Weite der russischen Steppe hereinbrach, lagen die Menschen angezogen und in Decken gehüllt auf dem spärlichen Stroh, das die früheren Bewohner zurückgelassen hatten. Die sechs Frauen und die vier

Kinder waren eng aneinandergerückt. Die beiden Männer ruhten etwas abseits, genauso wie die Landser.

Im gusseisernen, zylinderförmigen Ofen züngelten rotglühende Flammen. Diese verbreiteten eine wohlige Wärme, die wiederum mit dem eisigen Wind rang, der stetig durch die dünnen Bretter- und Pappwände pfiff. Der Abzug für das Rauchgas war seitlich am oberen Teil angebracht, der Aschekasten mit kleinen Türen verschlossen.

Obwohl Steiner genauso hundemüde wie alle anderen war, fand er nur mäßigen Schlaf. Aufgrund der ersten Wache war er bis auf die Knochen durchgefroren. Und auch das Stroh, auf dem er lag sowie die alte Pferdedecke, die er um sich geschlungen hatte, wärmten ihn nicht richtig. Vielleicht kam die Eiseskälte direkt aus seinem Inneren, geboren aus seinen Ängsten und Befürchtungen, wer wusste das schon.

Die ganze Zeit über, in der er wach lag, hatte er an die zurückliegenden Ereignisse gedacht. An die für die 6. Armee aussichtslos gewordene Schlacht um Stalingrad, das von starken russischen Verbänden eingekesselt worden war, die nur noch den finalen Todesstoß ausführen mussten. An das völlig unerwartete Auftauchen einer außerirdischen Existenz, die den Menschen gegenüber absolut feindlich gesonnen war, diese mit ihren technisch überlegenen Waffen und skrupelloser Barbarei bekämpfte. An das unfreiwillige Absetzen des Flüchtlings-LKW vom Rest der 6. Armee. Und an die Einöde, in der sie sich nun befanden. Eine kleine Gruppe von Menschen unterschiedlicher Kulturen. Frauen, Männer und Kinder, Soldaten und Zivilisten, zusammengewürfelt vom Schicksal. Oder von einem Gott, dem es Spaß machte, solche Spielchen zu spielen.

Steiner dachte aber auch an das hübsche Mädchen, das kaum zehn Meter von ihm entfernt lag, ganz in der Nähe des leise polternden Kanonenofens. Denn dort waren die Zivilisten untergebracht, weil es der wärmste Bereich im Zelt war.

Immer wieder sah Steiner das, zwar von den Strapazen gezeichnete, ungeachtet dessen jedoch engelsgleiche Gesicht der Russin vor sich, deren Namen er nicht einmal kannte. Dennoch fühlte er sich zu ihr hingezogen, als wären sie seit Ewigkeiten zusammen oder füreinander bestimmt.

Seelenverwandte ...

Es waren die hektischen Atemzüge, die sich vom dezenten Schnarchen des einen oder anderen unterschieden, die Steiner plötzlich aufhorchen ließen. Geradeso, als gehörten sie zu einem brunftigen Büffel, einem sexuell Erregten. Allerdings wurden die irritierenden Geräusche immer leiser, so als ob derjenige, der sie verursachte, sich aus der unmittelbaren Nähe fortbewegte. Und zwar zum Ofen hinüber.

Steiner schlug die Augen auf. Es dauerte zwei, drei Wimpernschläge, bis sie sich sein Blick an das Zwielicht gewöhnt hatte. Er stützte sich auf die Ellbogen und sah sich um. Das Erste, was er entdeckte, war ein Schatten, der sich ganz vorsichtig durch die Reihen der Schlummernden bewegte.

Schindler!

Einen Meter vor dem Kanonenofen verhielt er bei den schlafenden Frauen. Es machte den Anschein, als ob er nach einer bestimmte suchte. Dann schien er sie ausgemacht zu haben. Blitzschnell wie eine Klapperschlange packte er zu! Seine linke Hand verschloss den Mund der jungen Blonden, während die Rechte unter der Decke an ihrer Oberbekleidung herumfummelte. Gleichzeitig setzte er sich auf ihren zierlichen Oberkörper, die Knie auf ihre Unterarme gedrückt, damit sie sich nicht bewegen und somit auch nicht wehren konnte.

Wie von der Tarantel gestochen sprang Steiner auf. Auf den wenigen Metern bis zum Ofen trat er auf Kameraden, die erschrocken in die Höhe fuhren, aber das war ihm in diesem Moment schnurzpiepegal.

Heiße Wut rötete sein Gesicht. Wuchtig packte er Schindler an den schmalen Schultern und zerrte ihn von dem Mädchen herunter. Das Narbengesicht, der ihn hatte weder hören noch kommen sehen, wusste gar nicht, wie ihm geschah.

Ohne zu zögern, verpasste er Schindler eine kräftige Ohrfeige, die dessen Kopf herumriss, die Gesichtshaut rötete, auf der sich sogar seine Finger abzeichneten. Gleich danach ließ er eine satte Rechte folgen. Seine Faustknöchel donnerten auf die Kinnspitze des Frauenschänders und schickten ihn augenblicklich in das Reich der Träume. Und das war gut so, ansonsten hätte sich Max vollends vergessen.

Mit geweiteten Augen lag die junge Russin einfach nur da, zitternd wie Espenlaub. Steiner vermeinte Dankbarkeit in ihrem Blick zu erkennen, aber vielleicht täuschte er sich auch.

Jedenfalls sagte sie unter Schluchzern so etwas wie »spasibo, nemetskiy«, was so viel wie »Danke, Deutscher« hieß.

»Kak tvoye imya – wie ist dein Name«, versuchte es Steiner in holprigem Russisch. Das Mädchen schien ihn dennoch zu verstehen.

»Anastasia Dubjanskaja«, antwortete es.

Ein Name wie Musik, schoss es dem Landser völlig unpassend für die gegenwärtige Situation durch den Kopf. Lieblich wie Zitherklänge.

»Ich bin Max ...«

Weiter kam er nicht, denn in diesem Moment stürmte einer der zwei männlichen Zivilisten in ihrer Gruppe auf ihn zu. Ein kräftiger, schwarzhaariger Russe von vielleicht achtzehn Jahren.

Reflexartig schnellte Steiner in die Höhe und ging mit erhobenen Fäusten in Abwehrstellung. Doch gleich darauf erkannte er, dass der junge Mann kein Interesse an ihm, sondern vielmehr an dem ohnmächtigen Schindler hatte. Kaum stand er vor diesem, traktierte er ihn mit heftigen Fußtritten.

Während Anastasia »Net, Serjoscha«, schrie, hatte Steiner alle Mühe, ihn von dem Bewusstlosen wegzuzerren.

Inzwischen war das gesamte Zelt hellwach und in Aufruhr. Selbst Edgar Grams, der momentan Wache schob, schaute kurz herein. Der sexuelle Übergriff des Landsers sorgte bei den russischen Zivilisten für Wut und Abscheu. Vor allem bei den Frauen kamen schreckliche Erinnerungen hoch, als sie daran dachten, wie die Deutschen beim Einmarsch in ihr Land Tausende Unschuldiger vergewaltigt hatten.

Zum Glück stellte sich heraus, dass Anastasia relativ gut deutsch sprach. Warum und weshalb wollte Steiner später in Erfahrung bringen. Der junge Mann, der Sergej hieß, war ihr Bruder.

Nachdem Max dem immer noch ohnmächtigen Schindler die Hände mit einem Strick gefesselt hatte, beruhigten sich die Gemüter langsam wieder.

Allerdings dauerte es bis weit nach Mitternacht, bis sie alle aufgrund ihrer Erschöpfung durch die zurückliegenden Strapazen erneut Schlaf fanden. Und obwohl Steiner ununterbrochen an Anastasia dachte und dem Schöpfer dafür dankte, dass endlich ein persönlicher Kontakt zustande gekommen war, schlief dieses Mal auch er ein. Allerdings nur für kurze Zeit, so heftig trommelte ihm das Herz gegen die Rippen.

Gleich nach dem Zwischenfall im Zelt hatte sich Edgar Grams, der Julius bei der Wache abgelöst hatte, wieder auf seinen Posten begeben. Ein, ums andere Mal verfluchte er Schindler, den aufgrund seiner unsympathischen, egoistischen und aufbrausenden Art eigentlich niemand in der Truppe richtig leiden konnte.

Wachsam schritt Grams das Waldlager auf und ab. Bis auf das Knarzen des Schnees unter seinen dicken Schuhsohlen war es totenstill. Ein voller Mond stand am pechschwarzen Himmel, der mit unzähligen Sternen durchsetzt war, die wie glitzernde Diamantensplitter anmuteten. Irgendwo von einem solchen Planeten dort oben mussten die grässlichen Fulguren gekommen sein, um auf der Erde den Tod zu säen. Aus welchen Gründen auch immer.

Grams, dickbäuchig und kahl, schüttelte sich unwillkürlich vor Grauen, als ihm die Bilder der weitaufgerissenen Mäuler mit den kräftigen Gebissen in Erinnerung kamen, mit denen die Greys die Kehlen der Kameraden zerfetzt oder ihnen Gliedmaßen abgetrennt hatten. Nicht einmal der Iwan, dem die Nazis alle Gräuel der Welt zur Last legten, war so grausam.

Obwohl der Landser einen gefütterten Wolltuchmantel trug und sich um den Stahlhelm noch einen Wollschall geschlungen hatte, damit ihm die Ohren nicht abfroren, zitterte er am ganzen Leib. Das lag beileibe nicht nur an den eisigen Temperaturen, die wieder weit unter dem Gefrierpunkt lagen, sondern vor allem an den düsteren Zukunftsaussichten. Die Außerirdischen griffen auch das geliebte Vaterland an und somit die Daheimgebliebenen, ihre Familien, Eltern, Brüder und Schwestern, Onkel und Tanten. Mit Ausnahme jener Wehrfähigen, die an irgendeiner Front kämpften. Was aber, wenn die Fulguren siegen sollten? Wie würde dann die Welt aussehen? Würden die Menschen allesamt ausgerottet? Oder vielleicht versklavt?

Weiter kam Edgar Grams mit seinen trostlosen Gedanken nicht. Denn hinter ihm knackte ein Zweig.

Erschrocken und trotz seiner Leibesfülle ziemlich flink, wirbelte er herum und – starrte direkt in das hässliche Antlitz eines Greys!

Grams kam nicht einmal mehr dazu, das Gewehr hochzureißen oder abzudrücken, um die anderen zu warnen. Er stand einfach nur da, wie zur Salzsäule erstarrt, das speckige, bleiche und dreckige Gesicht zu einer Fratze verzerrt, in der sich Grauen und Todesangst widerspiegelten.

Und dann ging alles blitzschnell!

Der Grey, der nur zwei Meter von ihm entfernt stand, überbrückte die Distanz im Bruchteil einer Sekunde. Und ehe Grams sich versah, wurden seine vorherigen Gedanken plötzlich grausige Wirklichkeit.

Als sich die rasiermesserscharfen Zähne des Außerirdischen in seine rechte Halsseite bohrten und seine Halsschlagader herausrissen, drang nicht der geringste Laut über seine aufgeworfenen Lippen.

Schütze Edgar Grams, geboren im schwäbischen Esslingen am Neckar, starb in der Nähe der russischen Siedlung Nowy Rogatschik mitten im Wald einen stillen, aber entsetzlichen Tod. Sein Leichnam kippte seitlich in den Schnee, wo er vollständig ausblutete.

Der Grey war nicht alleine gekommen. Hinter ihm schälten sich die Schatten weiterer Artgenossen aus der mondbeschienenen Nacht heraus. Ohne irgendein Schrittgeräusch zu verursachen, huschten sie zu dem einzigen beheizten Finnenzelt hinüber.

Leise öffnete einer von ihnen die Tür an der mit Brettern verschalten Schmalseite und holte ein fremdartiges metallenes und handtellergroßes Gerät aus der grauen Uniform hervor. Mit einem seiner dürren Finger drückte er eine rotleuchtende Anzeige.

Die dadurch ausgelösten Schallwellen waren für Erwachsene nicht zu hören. Sehr wohl jedoch konnten sie vom kindlichen Hörsinn erfasst werden, dass bis zu sechzehn Jahren dauerte, bis es vollständig entwickelt war. Davor hatten Kinder Schwierigkeiten, Geräusche zu unterscheiden, und zu lokalisieren, überhörten sie mitunter. Doch die mechanischen Schwingungen des Grey-Geräts riefen bestimmte Druck- und Dichteschwankungen hervor, die ganz spezielle Schallwellen bildeten, die nur von den Kleinen wahrgenommen werden konnten. Ähnlich wie Infraschall, dessen Frequenz unterhalb der menschlichen Hörfläche lag, verhielt es sich bei ihnen mit dem Hörfeld von Erwachsenen. Dementsprechend waren nur Kinder bis zur Pubertät in der Lage, diesen spezifischen Pegelbereich zu registrieren.

Diese Schallwellen, die eine bestimmte Botschaft übermittelten, fraßen sich wie Krebszellen in die Köpfe der zwei Mädchen im Alter von sechs und sieben und den beiden achtjährigen Jungen, die jäh erwachten. Wie an unsichtbaren Fäden gezogene Marionetten erhoben sie sich unbemerkt von den Schlafenden von ihrer primitiven Liegestatt und gingen hintereinander zur Tür hinaus. Wie hypnotisiert standen sie vollkommen unter dem Einfluss der fremden Frequenz.

Draußen wurden sie von anderen Greys abgeführt, um gleich darauf mit ihnen in der vom Mond erhellten Nacht dorthin zu verschwinden, woher diese vor Kurzem gekommen waren.

Seit der Flucht des LKW von der abgeschnittenen Frontlinie hatten die Außerirdischen das Fahrzeug verfolgt. Nicht etwa, weil die erwachsenen Menschen irgendeine Rolle für sie gespielt hätten. Einzig wichtig waren nur die Kinder, die es galt, möglichst unverletzt in ihre Gewalt zu bekommen.

Dennoch wollten die Fulguren die im Zelt Schlafenden keineswegs verschonen. Ganz im Gegenteil.

Mit den faustkeilartigen Energiewaffen im Anschlag stürmten sie in die Erdhütte hinein.

Gleich darauf eröffneten sie das Feuer.

Es war Steiner, der sprichwörtlich den Tod auf leisen Sohlen kommen hörte.

Wie zuvor, befand er sich, trotz psychischer und physischer Erschöpfung in einem Dämmerschlaf. Dementsprechend war seine Wahrnehmung lediglich gedämpft und nicht gänzlich ausgeschaltet. Außerdem ließen ihn die Gedanken an Anastasia nicht los. Und auch seine innere Uhr meldete sich, die ihm sagte, dass bald ein Wachwechsel anstand.

Zuerst vernahm er das leise Knarren der Tür. Dann erkannte er durch die Lider der halbgeschlossenen Augen Schatten, die in diesem Moment in das Zelt hereinstürmten.

Greys!

Ohne Vorwarnung zuckten orangegleißende Strahlen aus ihren Energiewaffen, trafen die wehrlos Schlafenden völlig unvorbereitet. Zwei Landser und fünf Zivilisten, vier Frauen und ein Mann, verbrannten innerhalb weniger Sekunden. Ihr Leben war vorbei, bevor sie überhaupt erfassten, weshalb.

Die anderen schreckten schlagartig auf. Die Russinnen schrien von Panik und Todesangst beseelt wild durcheinander.

Längst hatte Steiner reagiert und die Angreifer im Visier. Seine P 08-Pistole bellte dreimal hintereinander auf. Genauso wie die von Julius, der zuvor ebenfalls etwas gehört zu haben schien.

Die 9-mm-Parabellum-Kugeln hämmerten in die hässlichen Schädel der Greys oder in ihre Oberkörper, stießen sie rücklings durch die Tür hinaus. Auch Küssling und Schindler, der sich zum Teufel wie von seinen zuvor angelegten Stricken befreit hatte, waren längst auf den Beinen und feuerten, was das Zeug hielt.

Als sie nacheinander aus dem Finnenzelt rannten, stolperten sie beinahe über die Leichen der Außerirdischen.

»Wir haben die Dreckschweine erledigt!«, rief Julius gleich darauf.

Tatsächlich sah ganz danach aus.

Doch schon im nächsten Moment gellte ein lauter Schrei aus dem Zelt auf. Während Küssling und Schindler draußen blieben, kehrten Steiner und Hedrich zurück.

Es war Anastasia, die geschrien hatte. Nicht jedoch wegen der getöteten Zivilisten und gleich gar nicht wegen der beiden toten Soldaten.

»Die Kinder ... sie sind weg!« Die blonde Russin brüllte ihnen diese auf Deutsch gesprochenen Worte geradezu entgegen.

Steiner war wie elektrisiert. Erst jetzt fiel ihm auf, dass es hier drinnen keine Spur von den Kleinen gab. Die Stelle an der sie noch kurz zuvor eng zusammengerückt gelegen hatten, war verwaist.

»Vielleicht sind sie nach draußen gerannt!« Julius wandte sich um und ging hinaus. Es konnte einfach keine andere Erklärung geben. Steiner folgte ihm.

»Ihr bleibt hier«, sagte er zu Küssling und Schindler und schloss sich seinem Freund an.

Im Mondlicht entdeckten sie im Schnee Stiefelabdrücke kleiner Schuhe und auch jene von Greys, die von dem Waldlager wegführten. Es mussten ein halbes Dutzend sein. Allerdings war nirgends etwas von ihnen zu sehen. Das bedeutete, dass die Außerirdischen, die in das Zelt eingedrungen waren, nicht alleine gehandelt und bevor sie die erwachsenen Menschen liquidiert, zuerst die Kinder herausgeholt hatten. Warum auch immer.

»Wenn wir den Spuren folgen, könnten wir direkt in eine Falle tappen«, meinte Julius, der Max Gedanken zu erraten schien. »Oder aber diese verfluchten Dinger kommen währenddessen zurück und töten die beiden Frauen und unsere Kameraden.«

Es machte tatsächlich keinen Sinn, in der eisigen Nacht und dazu noch in Unterzahl auf die Jagd nach den Fulguren und den entführten Kindern zu gehen. So bitter diese Erkenntnis auch war. Schweren Herzens brachen die Freunde die Suche ab und kehrten ins Lager zurück.

Während Schindler und Küssling mit den Gewehren im Anschlag draußen patrouillierten, betraten Max und Julius das Zelt.

Gewiss, der Anblick der massakrierten Leichen war nichts für zarte Gemüter. Aber im Verlauf des Russlandfeldzugs hatten sie schon weitaus Schlimmeres gesehen. Allerdings niemals solche verheerenden Waffenwirkungen, wie jene von den Energiestrahlern.

Die, neben Anastasia, noch einzig überlebende Frau mittleren Alters, knochig und hohlwangig, mit schwarzen, strähnigen Haaren, schien einen Schock erlitten zu haben. Mit weit aufgerissenen Augen und Mund saß sie einfach nur auf dem Boden und starrte wie ein Säugling brabbelnd in das Zwielicht.

Sergej, der den Überfall unverletzt überstanden hatte, legte eine Hand auf ihre bebende Schulter.

»Sweta ist nicht mehr ganz bei Sinnen«, versuchte Anastasia zu erklären. »Ihr achtjähriger Sohn Artjom ist ebenfalls unter den verschwundenen Kindern.«

Steiner klärte sie in kurzen Worten darüber auf, dass unter diesen Umständen eine Suche nach ihnen nicht nur irrsinnig, sondern brandgefährlich wäre. Denn dabei würden sie wohl alle sterben.

Anastasia übersetzte Sweta das Gesagte in ihrer Muttersprache, aber die Frau schien das gar nicht mitzubekommen.

Julius hob eine dieser fremdartigen Waffen auf, die neben einem erschossenen Grey lag. Sie war leicht wie eine Feder. So etwas wie einen Abzug gab es nicht. Zumindest war auf den ersten Blick keiner zu sehen. Er probierte alles Mögliche, konnte den Strahler jedoch nicht betätigen. Vielleicht funktionierte er nur durch Kontakt in den Händen eines Außerirdischen.

»Wir müssen die Leichen, hier rauschaffen, Max!«

Steiner nickte Anastasia zu. Danach schleppten sie die toten Greys aus dem Zelt. Sergej half ihnen. Für die sterblichen Überreste der Menschen, die von den Energiewaffen getroffen worden waren, reichten Eimer. Die schwarze Schlacke stank bestialisch.

Während sie die Leichname der Fulguren einfach in eine Kuhle im Wald warfen, holten sie aus dem LKW Spaten, um für die getöteten Menschen wenigstens ein Massengrab auszuheben. Es war Schwerstarbeit in dem tiefgefrorenen Boden. Dabei wechselten sich Steiner und Hedrich mit Schindler und Küssling ab. Trotz der eisigen Kälte waren sie in Schweiß gebadet. So unethisch es sich auch anhörte, waren sie in diesen Minuten froh, nicht noch tiefer graben zu müssen, als es notwendig gewesen wäre, wenn sie nicht nur diesen Leichenbrei, sondern vollständig erhaltene Körper verscharrt hätten.

Als der Morgen graute, waren die Zivilisten sowie die verflüssigten Leichenreste der beiden Kameraden notdürftig begraben. Provisorische Holzkreuze, angefertigt aus Ästen und Zweigen, zeugten von ihrem einstigen Dasein.

Nachdem Küssling ein kurzes Gebet gesprochen hatte, beratschlagten sie über ihr weiteres Vorgehen. Von der vorherigen Gruppe waren nur noch vier Landser, zwei Frauen und ein junger Mann übrig.

»Wir können die Kinder nicht einfach diesen Monstren überlassen«, beharrte Küssling und wischte sich eine Träne aus dem rechten Augenwinkel. In diesem Moment bewies er, dass er trotz Abhärtung durch Krieg und Leid noch Feingefühl besaß. Dabei sprach er das aus, was alle dachten. Aber dennoch war es Schindler, der es auf den Punkt brachte.

»Wir haben nicht geringste Ahnung, wohin die Kinder gebracht wurden. Selbst wenn wir jetzt am Morgen die Spuren verfolgen, werden wir sie wohl nicht mehr einholen. Vielmehr besteht die Gefahr, dass wir in einen Hinterhalt geraten.« Das Narbengesicht machte eine kurze Pause. »Und ohnehin will ich mein Leben nicht wegen ein paar Russenbälger riskieren, klar!«

Steiner setzte zu einer scharfen Erwiderung an, ließ es aber bleiben. Mit dem ersten Teil von dem, was Schindler gesagt hatte, hatte er zweifellos recht, hegte er doch bereits dieselben Gedanken. Der andere mit den »Russenbälgern« war menschenverachtend und wohl seiner fanatisch verinnerlichten Nazi-Ideologie geschuldet.

Werner Küssling räusperte sich. »Wie ursprünglich vorgesehen sollten wir versuchen, uns nach Dnepropetrowsk durchzuschlagen. Verpassen wir dort das Aufeinandertreffen zwischen der Heeresgruppen A und B und Don mit der 6. Armee, werden wir es wohl kaum alleine bis nach Minsk schaffen, um mit den Heeresgruppe Nord und Mitte vereint nach Berlin zu kommen.«

»Genau, Küssling. Wenigstens einmal kommt was Gescheites aus deiner Birne!« Das Narbengesicht grinste.

Der Angesprochene ignorierte ihn. »Allerdings reicht unser Treibstoffvorrat vielleicht noch einen oder höchstens zwei Tage. Wir sollten also in jedem Dorf, an dem wir vorbeikommen, nach Benzin Ausschau halten. Ansonsten ist unsere Fahrt schon bald vorbei.«

»Wenn alles gut geht, werden wir die 900 Kilometer von Nowy Rogatschik zu unserem Ziel in der Westukraine schneller erreichen als die langsameren Verbände«, war sich Julius sicher. »Dennoch sollten wir keine Zeit verlieren. Wer weiß, welche Hindernisse uns noch auf dem Weg dorthin erwarten.«

Damit war alles gesagt. Auch wenn es letztlich bedeutete, dass die entführten Kinder ihrem Schicksal überlassen werden mussten. Manchmal waren derartige Entscheidungen jenen, die sich nicht in einer solche verzwickten Lage befanden, nur schwer zu vermitteln.

Sweta saß weiterhin völlig apathisch im Zelt. Sie sah aus wie eine Geisteskranke in einer Irrenanstalt.

Die Landser entschlossen sich, unverzüglich aufzubrechen. An Schlaf war ohnehin nicht mehr zu denken, auch wenn sie allesamt durch das Ausheben des Massengrabs ziemlich erschöpft waren. Also packten sie zusammen.

Als der graue Morgendunst im böigen Steppenwind verwehte, rollte der Opel-Blitz-LKW auf einer unbefestigten, jedoch nur mäßig verschneiten Rollbahn, die einst von Panzern geschaffen worden war, durch die Weite Russlands.

Zurück ließen sie Männer und Frauen, Zivilisten und Soldaten, aufgehäuft in einem eisigen Grab. Und Kinder, die sich in der Gewalt der furchtbaren Greys befanden.

Aber nicht nur sie.

VIERTES KAPITEL

Einige Stunden zuvor ...

Aufgrund der erfolgreichen Absetzbewegung verschiedener Verbände gelang es dem Gros der 6. Armee, sich einem Nahkampf mit dem Feind zu entziehen. Auch wenn die Verluste fürchterlich waren. Alleine bei diesem ersten Bodenkampf mit dem außerirdischen Gegner fielen über 50.000 deutsche Landser und dreihundert Soldaten der 1. rumänischen Kavalleriedivision.

Dutzende Schützenpanzer und Artilleriegeschütze und selbst zehn der einst dreiundzwanzig verbliebenen mittleren Kampfpanzer III und IV wurden zerstört.

Generaloberst Paulus konnte von Glück sagen, dass während des Rückzugsgefechts Mansteins Heeresgruppe Don, mit der er sich ohnehin in dieser Region treffen wollte, gerade noch rechtzeitig eingetroffen war, um Feuerunterstützung zu geben. Gemeinsam gelang es ihnen letztlich, die Fulguren vernichtend zu schlagen. Gewiss war das nur ein Teilerfolg, denn das Heer der Außerirdischen, das Stalingrad in die Zange nahm, war weitaus stärker und größer.

Zu dieser Stunde saß Paulus mit dem Adjutanten Lüttwitz in Decken und Pelze eingehüllt in seinem VW-Kübelwagen, um zu Mansteins Führungsstab zu fahren. Das faltbare Segeltuch-Verdeck war aufgezogen, die Seitenscheiben nach oben gekurbelt. Es waren nur fünf Kilometer, die die beiden Armeen voneinander trennten. Deshalb gab es zum Schutz auch keine Begleitfahrzeuge. Was sollte auf dieser kurzen Strecke schon geschehen? Mit den Russen war eine Feuerpause vereinbart worden und der Kampfverband der Fulguren war geschlagen.

Seit Stunden hatte es aufgehört zu schneien. Am azurblauen, wolkenlosen Winterhimmel stand eine blasse Sonne, deren Strahlen es jedoch nicht schafften, die eisigen Temperaturen aufzuwärmen, oder den Dezemberschnee zum Schmelzen zu bringen. In der unwirklichen Ferne der Steppe waren dunkle Schemen des, sich anschließenden Waldgebiets zu erkennen. Aufgrund der klaren Sicht funkelte sogar weit im Hinterland das silbergraue Band eines Stromes.

Heinz Glück, so hieß Paulus Fahrer, nutzte die durch die zahlreichen schweren Militärfahrzeuge zuvor verursachten Rillen und Spuren, um besser voranzukommen. Dabei führten diese mitunter durch Vertiefungen, in denen sich der Schnee länger lagerte. Geschickt wich er diesen aus, ansonsten würde die Gefahr bestehen, dass der 4-Zylinder-Kübel stecken blieb.

Momentan passierten sie einen Ausläufer der Hochsteppe, an deren Flanken sich steile Hänge mit eingerissenen Schluchten erhoben. Besetzt waren sie mit einer, in den wärmeren Jahreszeiten braunblühenden und schwarzbuschigen Gestrüpp- und Waldvegetation, die nun unter einer weißen Schneedecke lag. Äste und Zweige neigten sich unter der Last beinahe bis zum Boden.

Paulus wollte Glück eine Anweisung geben, aber seine Worte erstickten in einem überraschten Ausruf. Denn völlig unerwartet, brachen zwanzig Meter vor ihnen ein Dutzend struppelbärtiger Männer aus dem Gebüsch. Bekleidet waren sie mit grauen Pelzmützen, die Uschanka genannt wurden und deren Pelzklappen die Ohren und den Nacken bedeckten sowie braune Polaschubuk, lange Jacken aus Schafsfell und kniehohe Winterlederstiefel. Allesamt dazu geeignet, selbst eisiger Kälte zu trotzen. In ihren Fäusten hielten sie robuste PPSch-41-Maschinenpistolen Kaliber 7,62-mm.

Der Fahrer erschrak so sehr, dass er seinen Fuß instinktiv auf die Bremse rammte. Schlingernd kam der Kübel wenige Meter vor den, auf die drei Insassen gerichteten Mündungen zum Stehen.

Nie und nimmer hätten sie damit gerechnet, dass sich in dem beengten Niemandsland zwischen den deutschen Heeresverbänden Rotarmisten aufhalten würden. Entweder waren sie durch die Linien hindurchgeschlüpft, oder aber sie hatten sich schon zuvor dort versteckt.

Sekundenlang starrten sich die Erzfeinde an. Paulus sprach ein wenig russisch und machte sogleich klar, dass sie keineswegs in feindlicher Absicht unterwegs waren. Zumal Generaloberst Schukow auf Weisung von Stalin den Befehl erteilt hatte, aufgrund der Gefahr aus dem Weltall die Kampfhandlungen gegen die Deutschen einzustellen. Dasselbe hatte Hitler für die Wehrmacht angeordnet. Dementsprechend bestand keinerlei Grund für irgendeine fortgesetzte Aversionen. Ganz im Gegenteil.

Doch die Russen taten, als würden sie nicht verstehen. Vielleicht handelte es sich bei ihnen um Deserteure, die sich von ihrer Truppe abgesetzt hatten und sich hier in der Gegend versteckt hielten. Jedenfalls machten sie alles andere als einen friedlichen Eindruck.

Vielmehr wedelten sie mit den MPis in der Luft herum, die Zeigefinger am Abzug. Ganz offensichtlich wollten sie den Generalobersten als ranghöchsten Offizier der 6. Armee, die ihnen vor und in Stalingrad so viel Verluste und Leid zugefügt hatte, gefangen nehmen. Samt seiner Begleitung. Entweder, um sie als Druckmittel, für freies Geleit durch die deutschen

Truppenaufstellungen zu benutzen, oder um sie an die eigenen Leute auszuliefern, damit ihnen die Fahnenflucht verziehen wurde. Letztlich konnte es aber auch sein, dass sie Paulus verschleppen und dann foltern wollten.

Ein Mann, der aufgrund des Kragenspiegels mit den vier gelb eingefassten Dreiecken auf rotem Grund als Starschina, also als Stabsfeldwebel zu identifizieren war und allem Anschein nach das Kommando führte, forderte die Deutschen unmissverständlich auf, auszusteigen.

Paulus erkannte, dass ihnen nichts anderes übrig blieb. Zwar könnte er Glück den Befehl erteilen, einfach Gas zu geben, aber kaum würde der Kübel anfahren, wären sie auch schon von den PPSch-41 durchsiebt. Es war klüger, den Russen nachzugeben. Schließlich konnten sich in unmittelbarer Nähe zwischen der Heeresgruppe Don und seiner 6. Armee vielleicht sogar Aufklärer bewegen, die ihnen aus der Patsche halfen.

Der Fahrer dachte wohl anders. In einem Anflug dienstbeflissenen Gehorsams, den Generaloberst nicht nur durch die Gegend zu kutschieren, sondern auch zu beschützen, fuhr seine rechte Hand zum Pistolenholster, um die Luger zu ziehen.

Der Starschina, der ihm am nächsten stand, zog den Abzug durch. Die MPi, die 900 Kugeln in der Minute verschießen konnte, ratterte los. Die linke Seitenscheibe des Kübels zersprang in tausend Scherben, um gleich darauf den, wie unter Strom zuckenden Schädel und Oberkörper Hans Glücks zu zerfetzen. Blut, Knochenteile und Hirnmasse bespritzten Paulus und seinen Adjutanten.

Doch weder sie noch die Sowjets sahen das Unheil kommen, das in diesen Sekunden wie ein Damoklesschwert über ihren Häuptern schwebte. Sozusagen wie aus dem Nichts am Himmel erschien. Denn keiner von ihnen schaute hoch.

Das Doppelellipsen-Raumschiff mit dem gleißenden Korona-Feld mutete wie ein Fremdkörper am Firmament an, obwohl es auf seine Art und Weise perfekt in die Weiten des Kosmos integriert war.

Als die Russen die beiden Wehrmachtsoffiziere aus dem Kübelwagen dirigierten, gleißte das Energiegeschütze des Raumers auf.

Die orangegleißenden Strahlen verdampften die dicht beieinanderstehenden Rotarmisten innerhalb eines Sekundenbruchteils. Ihre verkohlten Überreste zeichneten sich auf dem kargen Boden ab, der sichtbar wurde, weil der Schnee rundum geschmolzen war.

Friedrich Paulus und Claus von Lüttwitz legten die Köpfe in die Nacken und starrten irritiert nach oben. Noch bevor sie registrierten, wie ihnen geschah, wurden sie selbst von einem strahlendblauen Energiefeld eingehüllt. Allerdings war dieses keineswegs tödlich. Vielmehr stellte es sich als Traktorstrahl heraus, der die beiden Männer erfasste und in die Höhe riss.

Für Sekunden schwebten sie geradewegs über der Steppe, um gleich darauf in eine geöffnete Luke des Raumschiffes hineingezogen zu werden ...

Urplötzlich fanden sich Paulus und Lüttwitz in langen, kahlen und an die fünfzehn Meter breiten Gänge wieder, die sich labyrinthartig durch die verschiedenen Decks des Schiffes schlängelten.

Beinahe bewegungslos lagen die beiden Offiziere auf liegenähnlichen Gestellen, die knapp über dem Boden schwebten, flankiert von einer Gruppe Greys. Die Männer konnten natürlich nicht wissen, dass es sich dabei um energetische Prallfelder handelte, die ihre Körperfunktionen insofern einschränkten, dass sie nahezu gelähmt waren. Aus diesem Grund war es unmöglich, Widerstand zu leisten.

Vor ihren Augen schienen sich sämtliche bekannten Dimensionen, Größenordnungen und Ausdehnungen zu überlappen, zu verzerren, zusammenzuziehen und wieder auszuweiten, so dass sie nicht einmal den Bruchteil der völlig fremdartigen Umgebung begreifen konnten. Ein Korridor auf den nächsten folgte, eine Halle nach der anderen, angereichert mit Maschinenblöcken, Bauelementen und Energietransformationen, Röhren und Leitungen. Die kahlen Wände muteten so an, als würden sie unter dem Blick der paralysierten Betrachter zurückweichen, was natürlich nur eine optische Täuschung war. Bei einigen Räumen, an denen sie vorbeikamen, standen die Schleusen offen. Darin konnten sie Greys an bizarren Konsolen erblicken, die irgendwelche Arbeiten verrichteten.

Schließlich erreichten sie eine Art Labor mit befremdlichen Gerätschaften, Instrumenten und Maschinen. Von der fünf Meter hohen Decke und selbst aus dem Boden strahlte ein grelles orangenes Licht. Es gab keine Ecke, keinen Winkel, nicht einmal einen Zentimeter, der in diesem kahlwirkenden Laboratorium nicht ausgeleuchtet war.

Im Zentrum des Raumes kamen die schwebenden Gestelle nebeneinander zum Stillstand, die Prallfelder erloschen. Metallene Greifarme sprossen wie Pilze aus dem Boden hervor, legten sich um die Arme und Beine der gefangenen Offiziere, um sie fest zu fixieren, damit sie sich keinen Deut mehr bewegen konnten. Denn mit der Deaktivierung der Energiesegmente ließ abrupt auch deren lähmende Wirkung nach.

Die Greys, die sie bislang durch das Raumschiff begleitet hatten, verschwanden wortlos. Schlagartig erlosch das grelle Licht. Finsternis umhüllte die beiden Männer, tiefer und schwärzer als alles andere, was sie jemals erfahren hatten.

»Es kommt mir vor, als befände ich mich in einem verfluchten Albtraum, so unwirklich ist das hier ... Entschuldigen Sie meine Wortwahl, Herr Generaloberst ...« Claus von Lüttwitz Stimme brach angesichts des Unfassbaren, das er zusammen mit seinem Vorgesetzten in den letzten Minuten erlebt hatte.

Paulus blieb stumm. Er hegte dieselben Gedanken wie sein Adjutant. Durch das Auftauchen der Außerirdischen hatten sich sämtliche bislang geltenden Koordinaten verändert. Und zwar restlos und für immer. Die Zukunft der Menschheit schien düsterer als jemals zuvor. Hatte schon der Krieg unfassbares Leid über die Zivilisationen gebracht, würden die Fulguren mithilfe ihrer hochtechnisierten Waffen und ihres unbedingten Zerstörungswillens die Blutmühle weitaus schneller antreiben. Massenhaftes Sterben würde die Folge sein. Hätte er noch vor wenigen Tagen von Besuchern aus dem All gesprochen, hätte man ihn wohl ohne Umschweife auf Geheiß des Führers wegen Schwachsinnes von seinem Posten entfernt und irgendwo in ein Irrenhaus weggesperrt. Das war so sicher, wie das Amen in der Kirche.

Doch nun mussten sie sich allesamt mit der neuen Realität abfinden, ob es ihnen passte, oder nicht. Von der

Reichsführung und seiner Repräsentanten, über die obersten Militärstäbe, bis hinunter zum einfachen Landser und den Zivilisten.

»Können Sie sich denken, was diese ... diese Außerirdischen tatsächlich beabsichtigen ... Herr Generaloberst?«

»Wenn Sie ausblenden, dass der Feind nicht von dieser Welt ist, Lüttwitz, dann können Sie sich selbst die Antwort auf Ihre Frage geben!«

Anstrengend dachte der Adjutant nach und sagte schließlich: »Sie haben recht, Herr Generaloberst. Wenn man die Situation, in der wir uns nun befinden, sich so vorstellt, als wären wir in die Hände der Russen geraten, wird klar, was man von uns erzwingen will: Informationen.«

»Genauso ist es. Ansonsten hätten uns die Greys ebenfalls getötet und nicht erst in ihr Schiff verschleppt.«

»Das bedeutet jedoch auch, dass die Fulguren-Flotte nicht verschwunden ist, nachdem sie ihre Bodentruppen abgesetzt hat. Zumindest das Raumschiff, auf dem wir uns befinden, ist zurückgeblieben. Vielleicht gibt es ja noch weitere.«

»Ich gehe davon aus, dass die Flugobjekte jederzeit und überall auftauchen können. Aber auch das bleibt reine Spekulation, schließlich wissen wir nichts über die Technik der Fremden, ebenso wenig irgendetwas über sie selbst. Außer, dass sie von einem barbarischen Tötungswillen beseelt sind und die Welt mit einer wahren Bluternte überziehen.«

Bevor Generalmajor von Lüttwitz etwas anmerken konnte, flammte erneut das grelle Licht von der Decke und vom Boden auf. Überrascht und geblendet schlossen die beiden Männer für einen Moment die Augen.

Die Greys, die nun an die nebeneinanderstehenden Liegen traten, trugen im Gegensatz zu jenen zuvor, keine grauen, sondern blaue Uniformen. Vermutlich handelte es sich bei ihnen um Ranghöhere. Also um Offiziere.

Seltsamerweise beherrschten sie die menschliche Sprache. Auch wenn sie dazu keineswegs ihre Münder öffneten, um Laute zu artikulieren. Vielmehr krochen ihre Gedanken wie fremdartige, vor Eiseskälte erstarrte Fühler in die Bewusstseine der Gefangenen.

Wir kennen eure Namen, Dienstränge und Funktionen, stellte einer der Greys sachlich fest. Er unterschied sich von den anderen durch seine Größe, überragte seine Artgenossen gut und gerne um einen halben Kopf. Mit einem der langen, dünnen Finger zeigte er auf einen der Männer.

Du bist Generaloberst Friedrich Paulus, Oberbefehlshaber der 6. Armee. Das Handglied wanderte in der Luft weiter und stieß auf die zweite Liege hinab. Und du Generalmajor Claus von Lüttwitz, sein Adjutant.

»Und wer bist du?«, fragte Paulus zurück.

Der Grey wandte sich wieder ihm zu. Man nennt mich Ro-to-Ka. Ich bin der Commander dieses Schiffes.

Der Generaloberst wollte nachbohren, um mehr über die Außerirdischen zu erfahren, doch der Commander unterbrach ihn barsch.

Du verkennst wohl die Lage, in er du dich mit deinem beigegebenen Offizier befindest. Nicht du stellst hier die Fragen, sondern ich!

Natürlich hatte der Fulgure recht. Deshalb schwiegen die beiden Männer jetzt.

Scheinbar rastlos wanderte Ro-to-Ka um die Gestelle mit den Fixierten herum. Schließlich blieb er neben Paulus stehen.

Wie umfangreich sind die Truppenkontingente eures Heeres in Russland?

Diese direkt gestellte Frage kam nicht unerwartet. Wie zuvor vermutet, wollten die außerirdischen Feinde von den Gefangenen Auskünfte über die allgemeine Kampfkraft erfahren. Das war Sinn und Zweck ihrer Entführung auf das Schiff.

Der Generaloberst gab sich unwissend. »Ich bin Oberbefehlshaber der 6. Armee und kann deshalb nur über deren verbliebene Truppenstärke etwas sagen.«

Du lügst!

Diese beiden Worte, die sich in die Bewusstseine der Offiziere bohrten, waren scharf wie eine Schwertklinge.

Wir wissen, dass du das sogenannte Unternehmen Barbarossa mitgeplant hast und außerdem als Verbindungsoffizier zu den Verbündeten eingesetzt wurdest. Deshalb bist du sehr wohl über die Aufstellung der Wehrmacht informiert!

Es war äußerst verblüffend, welche Kenntnisse die Außerirdischen zu haben schienen. Hatten sie zuvor schon andere hochrangige Militärs gefangen genommen und verhört? Gleichwohl wussten sie jedoch nicht alles, ansonsten würden sie diese Fragen nicht stellen.

Paulus presste die Lippen fest zusammen und schwieg. Ebenso wie sein Adjutant, der ebenfalls über die meisten Pläne eingeweiht war. Dennoch hielten sie es für ihre patriotische Pflicht, nicht zu Verrätern zu werden. Ohnehin nicht angesichts dieses schrecklichen Feindes.

Also gut, dann müssen wir andere Mittel anwenden, um euch zum Sprechen zu bringen!

Der Commander erteilte einen Befehl in der eigenen Sprache, der allerdings nicht als Übersetzung in den Köpfen der Menschen aufklang.

Gleich darauf näherte sich ein Grey, der eine Art modernen Bunsenbrenner in der Hand hielt. Dieser bestand aus einem etwa fünfzehn Zentimeter langen pfeilförmig gebogenen Rohrstück, in dem blauflackernde, in verschiedene Stufen regulierbare Energieflammen nach oben strömten und durch eine kreisrunde, momentan noch geschlossene Öffnung entweichen konnte.

Zur Einschüchterung reckte der Grey das Folterinstrument theatralisch in die Höhe, während ein zweiter Paulus die Stiefel und die Socken auszog.

Sag uns einfach, was wir wissen wollen, und wir ersparen dir die Pein. Denn diese wird schmerzhafter sein als alles andere, was du jemals erlebt hast!

Ro-to-Ka ließ nicht den geringsten Zweifel daran, dass er ohne zu zögern den Befehl dazu geben würde, seine Drohung wahrzumachen.

Auf Paulus Stirn bildeten sich Schweißperlen, die in seine geweiteten Augen rannen. Er blinzelte sie weg.

»Fahrt zur Hölle ihr Missgeburten!« Die Antwort, die sicher auch der Furcht vor der bevorstehenden Marter geschuldet war, war absolut unsoldatisch und untypisch für diesen hochrangigen Offizier, der zuvor niemals die Fassung verloren hatte.

Der Grey mit dem Energiebrenner näherte sich den nackten Sohlen des Mannes auf dem Metallgestell.

Erst als der Commander mit weiteren Worten die psychische Qual erhöhte, verhielt er einen Moment. All das gehörte natürlich zur orchestrierten Einschüchterung der bevorstehenden Folter.

Ich überlasse es Dir, ob du an der Ferse, dem Fußaußenrand, am Fußballen oder den Zehen verkohlt werden willst. Jedenfalls werden die entstandenen Verbrennungen dauerhaft sein, das ist dir doch bewusst!

Paulus räusperte sich. »Ich sagte, ihr sollt allesamt zur Hölle fahren oder wie ihr das bei euch nennt, wenn es überhaupt so etwas gibt!«

Die Hand des Greys mit dem Energiebrenner stieß blitzschnell vor. Die blauflackernde Flamme versengte die Ferse des linken Fußes des Offiziers. Sogleich roch es nach verbranntem Fleisch.

Der Generaloberst schrie wie am Spieß. Tränen schossen aus seinen Augenwinkeln. Er kam sich vor, als würde er barfuß im Fegefeuer umherwandern. Und auch der neben ihm liegende Claus von Lüttwitz entfuhr angesichts dieser barbarischen Tortur ein Entsetzensschrei.

Noch einmal: Wie umfangreich sind die Truppenkontingente eures Heeres in Russland?

»Heil Hitler ... ihr Bastarde ...«, stieß der Gefolterte zwischen blutig gebissenen Lippen hervor.

Erneut hielt der Grey die blaue Flamme an den bereits in Mitleidenschaft gezogenen Fuß. Dieses Mal so lange, bis die nackten Zehen nicht mehr als verkohlte Klumpen waren.

Paulus wurde es schwarz vor Augen. Diese Pein war schlimmer, als ein Mensch ertragen konnte. Doch bevor sein Geist in eine wohltuende Ohnmacht entwischen konnte, spritzte ihm ein anderer Fulgure eine Injektion mit einem Aufputschmittel in die Halsvene.

Wir werden dich künstlich bei Bewusstsein halten, damit du die Qualen richtig auskosten kannst! Der Commander hielt kurz inne. Die Pein ist sofort vorbei, wenn du uns das sagst, was wir wissen wollen.

Paulus warf den Kopf hin und her, um zu signalisieren, dass er nicht reden würde. Unter keinen Umständen! Er war ein deutscher Offizier, darauf getrimmt, bei Folter nicht einzuknicken. Allerdings war das, was die Fulguren mit ihm veranstalteten, weitaus brutaler als all das, auf was man sie vorbereitet hatte.

Auf Befehl von Ro-to-Ka hielt der Folterknecht den Energiebrenner nun abwechselnd an beide nackten Füße. Und zwar so lange, bis sie zu den Knien gänzlich verbrannt waren. Ebenso die Knochen. Es sah so aus, als wären Paulus die Unterschenkel zuerst mit einem Lötkolben bearbeitet und dann mit einem glühenden Schlachtermesser amputiert worden.

Doch selbst das Aufputschmittel konnte nicht verhindern, dass der Gefolterte vor unsagbaren Schmerzen ohnmächtig wurde. Hinzu kam, dass die Vitalwerte des Generalobersten, Blutdruck, Herzfrequenz, Temperatur, Atemfrequenz und Sauerstoffsättigung, rapide und lebensbedrohlich absanken. Die Aliens hatten nicht nur die psychische, sondern insbesondere die physische Erschöpfung des Offiziers unterschätzt, denen er genauso wie seine Soldaten seit der Einkesselung Stalingrads unterlegen war. Diese forderte nun im Zusammenspiel mit der schrecklichen Tortur ihren Tribut.

Hektisch versuchten die Fulguren, das Leben des Mannes zu retten, der so wichtig für sie war. Doch sämtliche diesbezüglichen Bemühungen scheiterten.

Generaloberst Friedrich Paulus, der Oberbefehlshaber der 6. Armee starb nicht etwa ehrenvoll auf dem Schlachtfeld, sondern krepierte elendig im Raumschiff einer fremden Rasse, die eine Invasion auf der Erde durchführte.

Lüttwitz war vollkommen geschockt. Sein Entsetzen steigerte sich noch, als sich Ro-to-Ka nun ihm zuwandte.

Jetzt gebe ich dir die Möglichkeit, meine Fragen zu beantworten. Ansonsten kommst du genauso wie dein Vorgesetzter in den Genuss unserer Sonderbehandlung.

Zur Untermauerung der Worte des Commanders wurden dem Generalmajor ebenso Schuhe und Socken ausgezogen. Unablässig näherte sich die blaue Energieflamme seiner rechten Fußsohle, so dass er schon aus einer Entfernung von dreißig Zentimetern die Hitze wie einen heißen Föhnwind spürte.

»Ich kann ... nicht ...«

In dem Moment, als der Energiebrenner die Hornhaut, die Schwielen und die Hühneraugen sowie die äußerst empfindlichen Rezeptoren der Hautsinne an der Fußsohle versengten, brach der Widerstand des Generalmajors. Noch immer hatte er die von den Flammen abgetrennten Unterschenkel seines Vorgesetzten vor Augen, der schließlich an diesen unmenschlichen Qualen elendig gestorben war. Anders konnte man es wahrlich nicht ausdrücken.

»Hört sofort auf ... ich werde euch ... sagen was ihr wissen wollt ...«, brachte er unter Schmerzen hervor.

Auf den Wink des Commanders zog der Grey das Folterinstrument zurück. Ein anderer spritzte dem offensichtlich Geständigen ein starkes Schmerzmittel, das auf der Stelle wirkte.

Alles in Lüttwitz fühlte sich seltsam taub an. Danach sprudelten die Worte nur so über seine Lippen. Er verriet sämtliche Details, bezüglich des Unternehmens Barbarossa, die er wusste. Dabei handelte er wie in Trance.

Ro-to-Ka schien zufrieden. Aber noch war er mit dem nach wie vor auf dem Gestell fixierten Gefangenen nicht fertig.

Für neurochirurgische Operationen werden bei euch normalerweise die Schädel rasiert, klang es in Lüttwitz Geist auf. Wir besitzen jedoch eine Technik, bei der so etwas nicht nötig ist.

»Was habt ihr mit mir vor?« Die Stimme des Mannes war voller Panik, denn schlagartig wurde ihm klar, dass ein operativer Eingriff an seinem Nervensystem bevorstand.

Wir werden dir ein Implantat einsetzten, um dich unserem Willen zu unterwerfen.

»Ihr wollt was?« Generalmajor von Lüttwitz glaubte, sich verhört zu haben. Das konnte doch alles nicht wahr sein. In seinem tiefsten Inneren hoffte er, dass das nur ein perfider Albtraum war, aus dem er gleich wieder erwachen würde.

Mit einem solchen Implantat können wir dich in unserem Sinne konditionieren und kontrollieren, klang die Stimme des Commanders erneut in ihm auf, machte die Restzweifel des anderen an der Realität schlagartig zunichte. Natürlich wirst du dein physisches Aussehen behalten. Aber deine Psyche wird sich verändern! Nach der Einpflanzung bist du fast einer von uns. Und für deine eigene Spezies ein trojanisches Pferd. So bezeichnet ihr das doch, oder nicht?

Der Offizier wollte sich dem widersetzen, strampeln, um sich schlagen, aufspringen. Doch die Greifarme hielten ihn eisern fest, so dass er nicht einmal die geringste Bewegungsfreiheit erlangen konnte.

Die nächste Spritze brach den letzten Widerstand des einzigen Menschen auf dem Fulgurenschiff. Ruhig lag er nun da und ließ ohne jegliche Widerrede alles über sich ergehen.

Ein Grey stabilisierte Lüttwitz Schädel in einer stählernen Gestell-Zwinge. Danach desinfizierte er die Kopfhaut und deckte einen Teil davon ab.

Mit einem skalpellartigen Schneideinstrument löste ein anderer den Haarboden und die Kopfschwarte über dem betreffenden Hirnbereich vom Knochen, in dem das Implantat eingesetzt werden sollte. Schließlich klappte er die Schwarte zur Seite, damit der Schädelknochen frei lag.

Der menschliche Schädel gliedert sich in den Hirnschädel und den Gesichtsschädel, dozierte der Commander. Während der Gesichtsschädel aus fünfzehn Knochen besteht, wie etwa dem Nasenbein oder den Wangen- und Kieferknochen, formt der Hirnschädel eine schützende Höhle für das Gehirn. Dieser setzt sich aus Schädeldach und Schädelbasis zusammen. Innen ist der Schädelknochen von einer harten Hirnhaut ausgekleidet.

Claus von Lüttwitz wollte all das nicht hören, gleich gar nicht wissen, woher dieser Bastard all diese Kenntnisse hatte, sondern laut aufschreien. Allerdings schien die Beruhigungsspritze selbst seine Stimmbänder zu lähmen.

Mit einem Sägeinstrument wurde ihm nun eine Knochenplatte aus dem Schädel gefräst. Danach hatte der Grey, der den neurochirurgischen Eingriff fachmännisch durchführte, freien Zugang zum Gehirn des Menschen

Ich habe mich ausführlich mit dieser Art von Operationen beschäftigt, die ihr auf der Erde durchgeführt habt, kommunizierte der Commander weiter. 1934, also vor acht Jahren, gab es grundlegende Arbeiten an Tieren zur Kontrolle von Hirnfunktionen. Dazu wurden in die Köpfe von Versuchskaninchen lange feine Nadeln in die verschiedenen Gehirnbereiche eingeführt, um diese zu stimulieren. Darauffolgend wurden sie dann durch Elektroden, die durch Radiowellen angesprochen wurden, ersetzt. Die Elektroden sandten Radiowellen und man analysierte sie. So wurde die Basis für den drahtlosen Patienten gelegt. Später wurde diese Methode insbesondere im militärisch-geheimdienstlichen Komplex weiterentwickelt, um sie auf Menschen zu übertragen. Einzig mit dem Ziel, einen ferngesteuerten Soldaten mit Hirnimplantaten zu erschaffen. Doch bis heute ist das den menschlichen Wissenschaftler nicht gelungen. Diesbezüglich ist unsere Technologie viel weiter fortgeschritten.

Einer der Greys führte dem Generalmajor jetzt zwei Dutzend hauchdünne kabelartige Elektroden in das limbische System des Gehirns ein, um es nachher drahtlos stimulieren zu können. Dazu verband er die eingepflanzten elektrischen Leiter, die sozusagen die Empfänger waren, mit einer Art Energiebatterie. Danach setzte er die lose Knochenplatte wieder in die, zuvor ausgesägte Öffnung im Schädeldach zurück. Schließlich vernähte er die Hirnhaut, die Kopfschwarte und die Kopfhaut über der Wunde mit einem Lasergerät. Nicht einmal eine hauchdünne Narbe blieb zurück, so ausgefeilt war die Fulguren-Technik.

Durch die, von uns ausgelösten Stimulationen, kann von nun an dein freier Wille gebrochen werden, wann immer es uns beliebt. Aber auch durch gezielte Anregung im supplementär-motorischen Areal künstlich erzeugt werden. Durch den neurochirurgischen Eingriff wird deinem Bewusstsein das Gefühl vorgegaukelt, autonom zu handeln, obwohl du manipuliert wirst.

Der Commander hielt kurz inne, bevor er fortfuhr. Ich möchte das an einem Beispiel verdeutlichen. Die von uns bewirkte Aktivierung der Implantate in deinem Hirnareal kann dich dazu zwingen, etwa einen Arm zu heben, selbst wenn du das gar nicht willst. Wir können aus dir auch einen absolut gewalttätigen und aggressiven Mann machen. Oder ein lammfrommes Schaf, was jedoch keineswegs vorkommen wird, dessen du dir sicher sein kannst. Aggressive Menschen entsprechen eher unserer eigenen Natur!

Wie zur Bestätigung betätigte Ro-to-Ka ein kleines Gerät, das Energiestöße in das limbische System des Generalmajors jagte, das der Verarbeitung von Emotionen und der Entstehung von Triebverhalten diente.

Sofort verzerrte sich das Gesicht des Offiziers zu einer hässlichen Fratze. Die bösartig funkelnden Augen traten weit aus ihren Höhlen. Die Nase verzog. Er riss den Mund weit auf, knurrte wie ein tollwütiger Hund. Speichel sprühte über seine Lippen, während sich das Knurren mit lautstarken unartikulierten Tönen abwechselte. Er machte wahrlich den Eindruck eines völlig irren Psychopathen.

Der Commander drückte einen anderen Knopf. Augenblicklich verlor Lüttwitz jegliche Aggressionen. Seine Gesichtszüge entkrampften sich, machten aus der schrecklichen Grimasse wieder das Antlitz eines normalen Menschen.

Das war nur eine kleine Kostprobe dessen, wie wir dich manipulieren können.

Der Generalmajor war so erschöpft, als hätte er einen zehntausend Meter vollem Lauf hinter sich gebracht.

Zum Abschluss der Gehirnoperation wurde ihm jetzt noch ein Mittel gespritzt, das sämtliche Erinnerung an die Entführung auf das Schiff und alles, was damit zusammenhing, aus seinem Gedächtnis löschte.

Du hast Informationen geliefert, die für uns wichtig sind. Und wir haben dich in unserem Sinne präpariert.

Mit diesen Worten wandte sich der Commander von dem lebenden und dem toten Menschen auf den Metallgestellen ab und verließ das Labor durch ein Schott.

Wenig später wurde Claus von Lüttwitz wieder mit einem Traktorstrahl vom Raumschiff zur Erde hinunterbefördert. Er »erwachte« sozusagen neben dem Kübelwagen, in dem sich der erschossene Fahrer Hans Glück befand. Die verkohlten Überreste der russischen Partisanen lagen in einem Umkreis von wenigen Metern verstreut herum.

Der Generalmajor konnte sich an nichts mehr erinnern. Gleich gar nicht ahnte er, dass in dem Schiff, das soeben über ihm am Horizont verschwand, die Leiche von Generaloberst Friedrich Paulus in einem energetischen Krematorium verbrannt wurde.

FÜNFTES KAPITEL

Zu den, von den Außerirdischen Entführten, gehörten neben den beiden Offizieren auch vier Menschenkinder. Allerdings wurden das sechs- und das siebenjährige Mädchen, sowie die zwei achtjährigen Jungen nicht etwa auf ein Raumschiff gebracht, sondern auf der Erde verschleppt.

Nachdem die Kinder aus dem Finnenzelt-Lager in der Nähe der Siedlung Nowy Rogatschik mit dem mysteriösen Schallwellen-Gerät weggelockt worden waren, führten die Greys sie einige Kilometer entfernt an einen anderen Ort. Dabei hielt der Bann der unheimlichen Frequenz in den Bewusstseinen der Kleinen weiterhin an.

Bei dem in unmittelbarer Nähe einer Eisenbahnstrecke liegenden Areal, auf dem sie sich nun befanden, handelte es sich nicht etwa um eine russische Ansiedlung, nicht einmal um ein Gehöft, sondern um ein Lager. Ein sogenannter Gulag. Das war eine Abkürzung für Glavnoe Upravlenije Lagerej und bedeutete »Hauptverwaltung der Lager«. In Wirklichkeit war es ein System von Straf-, Zwangs- und Besserungsarbeitslagern in der Sowjetunion, das bereits in den 1920er Jahren eingerichtet und systematisch ausgebaut worden war. Gulag stand aber auch für unmenschliche Lebensbedingungen, schwere körperliche Arbeit, drakonische Strafen, Mangelernährung, Erschöpfung, Krankheit und Tod. Freilich konnten all das die Kleinen nicht wissen.

Das Lager, in dem die Greys die Kinder deportiert hatten, war einst beim Vormarsch der Deutschen geräumt, die Insassen samt Wachpersonal erschossen und dann in Massengräbern verscharrt worden. Deshalb stand es leer und die Außerirdischen wiederum nutzten es, um ihrerseits Gefangene zu inhaftieren. Allerdings handelte es sich bei diesen ausschließlich um Jungen und Mädchen bis zum vierzehnten Lebensjahr.

Artjom, Mischa, Lilja und Sofia, wie die Kinder aus dem Finnenzelt hießen, wurden, ohne Geschlechtertrennung in eine der zahlreichen Baracken untergebracht. Diese selbst waren nicht mehr als primitive Bretterbuden, die in langen Reihen nebeneinanderstanden, eingefasst von einem hohen Holzzaun mit Stacheldraht. Hingegen waren die Gebäude für das ursprüngliche Lagerführungs- und Wachpersonal aus Stein gebaut.

In den völlig überfüllten Baracken gab es einfache Schlafpritschen ohne Matratzen, Holztische und Sitzbänke. Mehr nicht. Die Notdurft mussten die Gefangenen auf der Parascha, einem Kübel in der Ecke, verrichten. Dementsprechend waberte ein furchtbarer Gestank durch den Raum. Zudem war es überall feucht und dreckig, so dass kaum Luft zum Atmen blieb. Krankheiten wie Typhus, Dystrophie, Unterernährung, Parasiten sowie der Befall von Läusen waren an der Tagesordnung.

Nachdem die Greys die vier Neuzugänge in eine der Baracken hineingeführt hatten, gingen sie sofort wieder hinaus und verriegelten die Holztür.

Augenpaare von Dutzenden anderer Kinder, die hier interniert waren, starrten die Ankömmlinge an. Für jede Person blieb nicht mehr als eineinhalb Quadratmeter Lebensraum.

Ein Junge mit dem Namen Wassili, der bestimmt schon zwölf war, teilte den »Neuen« eine Lagerstätte zu. Dabei mussten sie sich je eine Pritsche zu zweit teilen.

»Woher kommt ihr?«, wollte der Zwölfjährige in seiner Muttersprache wissen.

Es war Artjom, der antwortete, während Mischa stumm neben ihm stand. Lilja und Sofia hielten sich zitternd und mit großen Augen, an den Händen. Verständlicherweise hatten sie Angst vor der Ungewissheit, was sie hier in diesem Lager erwartete.

»Wir kommen aus Stalingrad.«

Wassili verzog das Gesicht zu einem hämischen Grinsen. »Dort sind doch die verfluchten nemetskiy!«

Artjom nickte. »Aber mein Vater hat gesagt, dass wir sie besiegen werden.«

»Was weiß der schon?«

»Er ist selbst in der Armee und kämpft tapfer gegen die nemetskiy ...«

»Papperlapapp. Die Hunde haben bereits Hunderttausende von uns abgeschlachtet.«

Jetzt trat ein weiterer Junge, hochgeschossen und finster dreinblickend, hinzu, der Wassili um einen halben Kopf überragte. Sein Name war Juri. »Lebt ihr denn alle in einer anderen

Zeit?«, herrschte er die Streitenden an. »Es geht nicht mehr um Russen oder Deutsche, um Sieg oder Niederlage. Die Außerirdischen sind gelandet, um uns zu versklaven oder zu töten. Sie sind schlimmer als die nemetskiy.«

Die Worte des Jungen waren so eindringlich ausgesprochen worden, dass die Kinder sich noch verängstigter anschauten oder ihre Blicke betroffen zu Boden richteten.

»Was machen die Greys hier mit uns?« Erstmals war es die gerade mal sieben Jahre alte Sofia, die etwas sagte. Ihre Stimme war leise, hell und dünn. Und dennoch bewegte diese Frage alle drei Kinder, die mit ihr soeben im Gulag eingetroffen waren.

Wassili tauschte einen schnellen Blick mit Juri. Dieser schien ein Art Block-Kapo zu sein, denn er war es auch, der eine Antwort gab. »Wir wissen es nicht genau. Aber regelmäßig werden einige von uns geholt und kommen dann nicht mehr zurück.«

»Wahrscheinlich werden sie von diesen grauen Ungeheuern umgebracht«, stellte Artjom sachlich fest. Der furchtbare Krieg hatte auch in ihm, wie in jedem Kind, gleichwohl natürlich bei den Erwachsenen, etwas zerbrochen, so dass die Emotionen hinter einer dicken Schutzschicht verborgen blieben. Nur ab und an, bei Trauer, Angst oder als Zeugen bestialischer Grausamkeiten, bahnten sie sich einen Weg aus dem finsteren Seelenlabyrinth hinaus zu sichtbaren Gefühlsausbrüchen.

Juri sah den Achtjährigen von oben herab an. »Das kannst du nicht einfach so behaupten. Vielleicht werden sie auch an einen anderen Ort gebracht.«

»Wozu? Um zu arbeiten? Wir sind Kinder!«

Juri überhörte den Einwand, der mehr ein Protest war. »Kinder schuften überall. Auf dem Feld, in Rüstungsfabriken oder sonst wo. Warum also nicht auch für diese Monster!« Das war keine Frage, sondern eine Feststellung.

»Und zu welchem Zeitpunkt werden die Kinder geholt?«

»Alle zehn Tage ist ein Bad in der Banja Pflicht, denn das Wasser hier ist knapp.« Mit Banja war das Badehaus gemeint. »Die Greys holen jeden einzeln. Wie gesagt, kommen manche einfach nicht mehr zurück.«

111

»Glaubst du wirklich, dass die Kinder dort gebadet werden?«

»Ich habe genug von deinen blöden Fragen.«

Damit war dieses Thema für Juri und ebenso für Wassili beendet. Artjom und die anderen wagten es nicht, weiter nachzubohren. Ohnehin war das, was sie erfahren hatten, schon erschreckend genug.

Die Neuankömmlinge legten sich paarweise auf die zugeteilten Pritschen. Jeweils die Mädchen und die Jungen zueinander. Der Fußmarsch vom Wald bis hierher ins Lager war ziemlich anstrengend gewesen. Ihnen blieb lediglich die Hoffnung, dass sich die Gruppe um Artjoms Mutter Sweta unverzüglich auf die Suche nach den verschleppten Kindern machte.

Von Erschöpfung der letzten Tage gezeichnet, schliefen sie trotz der unbequemen Holzpritschen schnell ein. Irgendwann mitten in der Nacht wurden sie jedoch durch lautes Geschrei aus dem Tiefschlaf gerissen.

In der Baracke gab es kein elektrisches Licht. Lediglich durch die Fenster fiel blasser Mondschein, der das Innere spärlich erhellte. Allerdings reichte er aus, um zu erkennen, dass zwei Greys hereingekommen und den sich vergeblich wehrenden Wassili gepackt hatten.

Jetzt zog einer von ihnen das handtellergroße metallene Gerät aus seiner Uniform und betätigte es.

Sofort hielt Wassili mit der Gegenwehr inne. Seine erhobenen Hände, die er zu Fäusten geballt hatte, öffneten sich. Und auch die übrigen Kinder in der Baracke, die von den fremdartigen Schallwellen erfasst wurden, die die Apparatur aussandte, legten sich wieder ruhig schlafen, als wäre nichts geschehen.

Offensichtlich wurde Wassili in die Banja gebracht. Ganz gleich, ob es mitten in der Nacht war oder am helllichten Tag.

Artjom war einer der ersten, der schon am frühen Morgen wach wurde. Zwar war auch er aufgrund der Frequenz, die nur Kinder hören konnten, ruhiggestellt worden, aber dennoch hatte sich das Geschehen in der Nacht in sein Bewusstsein eingebrannt. Er glaubte noch immer nicht an das Märchen mit dem Baden.

Bevor Mischa und die beiden Mädchen neben ihm ebenfalls erwachten, schlüpfte er in seine Schuhe, streifte sich die Jacke über und schlich zur Tür.

Die Kinder auf den anderen Pritschen schliefen noch allesamt.

Seltsamerweise war die Tür nicht verschlossen. Hatten die Greys, die Wassili geholt hatten, vergessen, sie wieder zu verriegeln? Eigentlich spielte es auch keine große Rolle. Ohnehin konnte niemand aus dem gut gesicherten Lager fliehen, ganz gleich, ob eine der Bretterhütten verschlossen war, oder nicht.

Vorsichtig zog Artjom die, kaum vernehmlich in den Angeln quietschenden Holztür auf, und spähte durch einen Spalt nach draußen. Niemand war zu sehen. Keine Wachen und auch keine Lagerinsassen. Vor und neben ihrer Baracke gab es weitere Bretterbuden. Dort war ebenfalls alles ruhig.

Artjom trat hinaus, drückte die Tür leise hinter sich zu und hastete von seiner Baracke zur nächsten und dann zur übernächsten. Nirgends konnte er irgendwelche Posten entdecken, was aber nicht hieß, dass er sich in Sicherheit wiegen konnte. Eine solche Annahme war höchst trügerisch!

Zwischen einer Seite der Barackenstraße zur anderen lag so etwas wie ein, ebenfalls verwaister Exerzierplatz. In dessen Nähe gab es weitere Gebäude, die allerdings aus Stein bestanden. Vermutlich für das Lagerpersonal.

Plötzlich zuckte Artjom hinter die Barackenecke zurück, an der er sich soeben aufhielt. Denn auf einem der Wachtürme, die sich in genau festgelegten Abständen aus dem umzäunten Areal erhoben, patrouillierte ein Grey. Zum Glück sah er nicht in seine Richtung.

Von Neugierde angetrieben, wohin die grauen Ungeheuer, wie er die Außerirdischen nannte, Wassili gebracht hatten, machte er sich weiter auf die Suche. Naheliegend war, dass er zu einem Arbeitseinsatz geholt worden war oder ...

Abrupt hielt der Junge in seine Überlegungen inne. Auf der gegenüberliegenden Seite, rechter Hand des Exerzierplatzes, befand sich ein langgezogenes Steingebäude. Dorthin gingen zwei Greys, gefolgt von einer Gruppe von Kindern. Vielleicht hielt sich dort auch der von ihm Gesuchte auf?

Artjoms Neugier wuchs, trotz der stetigen Gefahr, von einer der Wachen entdeckt zu werden.

Er schlich an den Baracken vorbei, rannte mit wild klopfendem Herzen seitlich vom Exerzierplatz und im Schatten einiger dort stehender Bäume zur Hinterseite des länglichen Gemäuers hinüber. Atemlos drückte er sich gegen die eisige Wand. Vor lauter Aufregung spürte er die Kälte in seinem Rücken kaum.

Als sich sein Herzschlag wieder etwas beruhigte, huschte er nahezu lautlos an der Seitenwand entlang, die vom freien Platz aus nicht einsehbar war. Neben dem einzigen Fenster verharrte er. Hinter den dickverglasten Scheiben drangen nur leise Geräusche hervor. Dennoch glaubte er Schreie zu vernehmen. Ausgestoßen von Kindern in höchster Not und in Todesangst!

Vor Artjoms geistigem Auge tauchte erneut die Gruppe der Jungen und Mädchen auf, die willenlos von den Greys in das Gebäude hineingeführt worden war. Weshalb sie dort drinnen diesem hypnotischen Bann nicht mehr zu unterliegen schienen, konnte er sich in seiner kindlichen Vorstellung nicht ausmalen.

Aus Angst, entdeckt zu werden, wagte er es zunächst nicht, durch das Fenster zu blicken, um herauszufinden, was sich dahinter abspielte. Doch schließlich siegte erneut die Wissbegierde.

Er musste einfach erfahren, was mit jenen Kindern geschah, die von den grauen Ungeheuern entführt, in dieses Lager eingesperrt und dann eines nach dem anderen geholt wurden.

Vorsichtig und ängstlich wagte er letztendlich doch einen Blick durch das Fenster.

Aber das, was er gleich darauf durch die dreckverschmierte Scheibe sah, war so grauenvoll und unvorstellbar, dass er wie am Spieß zu Schreien anfing.

Sie wollten die rund 900 Kilometer, die zwischen Nowy Rogatschik und Dnepropetrowsk lagen, so schnell wie möglich hinter sich bringen. Nichts und niemand durfte sie aufhalten. Sollten sie das Zusammentreffen der in Russland verbliebenen Hauptverbände der Wehrmacht verpassen, würden sie sich kaum alleine bis nach Berlin durchschlagen können. Auch wenn die Gefahr durch die Iwans durch die, von höchster Stelle angeordnete Feuerpause eingedämmt war, blieb das Risiko, erneut von den Fulguren entdeckt und restlos vernichtet zu werden.

Das war jedem der Insassen des Opel-Blitz-LKW, der einsam durch die winterliche Weite Russlands fuhr, durchaus bewusst. Vier Landser, zwei Frauen und ein junger sowjetischer Zivilist – mehr Personen waren von ihrer einstigen Gruppe nicht übriggeblieben.

Während Werner Küssling wie gewöhnlich das Fahrzeug lenkte und neben sich auf der Beifahrerbank Heiko Schindler mit seinen besserwisserischen Kommentaren ertragen musste, saßen Max Steiner und Julius Hedrich hinten auf den Sitzbänken.

Die ganze Zeit über wimmerte und heulte die knochige und hohlwangige Sweta über den Verlust ihres Sohnes Artjom, der genauso wie der andere kleine Junge sowie die beiden Mädchen von den Greys aus dem Finnenzelt entführt worden war. Sie ahnte, dass sie ihn wohl nie wieder sehen würde. Obwohl die schöne Anastasia versuchte, sie zu trösten und zu beruhigen, schien die Ältere mehr Tränen zu haben als der Baikalsee in Sibirien Wasser.

Währenddessen saß ihr Bruder Sergej wie versteinert auf der Pritsche und starrte stoisch vor sich hin. Vielleicht bereute er es, dass seine Schwester ihn dazu überredet hatte, sich der 6. Armee und damit den anderen russischen Zivilisten anzuschließen, um aus Stalingrad wegzukommen.

Steiner und Hedrich unterhielten sich über dieses und jenes, einfach um die Fahrtzeit totzuschlagen. Dabei waren sie stets auf der Hut, spähten immer wieder durch die Ritzen der Plane, um herauszufinden, ob ihnen jemand folgte.

Zum Glück hatte es nicht noch einmal geschneit. Ansonsten wären die Wege und Rollbahnen, auf denen sich der LKW bewegte, nicht mehr befahrbar gewesen. So kamen sie Kilometer für Kilometer und ohne irgendwelche Unterbrechungen oder Hindernisse voran.

Allerdings wurde es höchste Zeit, im nächsten Dorf anzuhalten, um Treibstoff aufzutreiben. Der Vorrat in den Kanistern neigte sich bedrohlich dem Ende zu. Dabei mussten sie stets damit rechnen, dass sich ihnen die Dorfbewohner entgegenstellten, zu denen es sich noch nicht herumgesprochen hatte, dass die Kampfhandlungen mit den Deutschen eingestellt worden waren. Oder aber, dass Partisanen sie überraschten. Vielleicht sogar versprengten Einheiten der Roten Armee, die mit den fremden Besatzern diverse Rechnungen offen hatten. Die Landser hofften darauf, dass bei jeglichem dieser möglichen Szenarien, die mitgenommenen russischen Zivilisten schlichtend eingreifen oder helfen konnten.

Schon seit guter einer Stunde fuhr der Opel Blitz an einem flachen Flusstal entlang, das von Baumgruppen gesäumt wurde. Irgendwann tauchten in der Ferne auf der von ihnen befahrenen Seite des Ufers kleine Holzhäuschen auf, aus dessen Mitte eine graue Holzkirche herausstach.

»Das ist Werchnaja Grosnik«, wusste Anastasia.

Selbst Steiner und Hedrich war das Bauernkaff nicht unbekannt. Denn beim Vormarsch Richtung Stalingrad hatte dort nicht nur der Stab der 384. Division, zu der sie gehörten, Quartier gemacht, sondern auch Nachschubeinheiten. Ebenso war in einem mehrstöckigen Ziegelgebäude ein Lazarett eingerichtet worden. Die Bewohner hatten sich zurückhaltend, aber nicht feindselig gezeigt. Mit Ausnahmen natürlich, die es immer gab.

Nach zwei Wochen waren sie von dort aus weiter nach Osten gezogen, um auf Hitlers Befehl hin die Stadt einzunehmen, die den Namen seines größten Widersachers trug.

Je näher sie nun Werchnaja Grosnik kamen, umso mehr verminderte Küssling die Geschwindigkeit. Schließlich stellte das Fahrzeug ein ausgezeichnetes Ziel dar. Eineinhalb Kilometer vor dem Ortseingang hielt er vollends an. So war es zuvor mit seinen Kameraden aus Sicherheitsgründen vereinbart worden.

Steiner und Hedrich sprangen vom Pritschenaufbau und sahen sich, mit den Gewehren im Anschlag, um. Zur Partisanentaktik gehörte es, dass ein Hinterhalt gelegt wurde, bevor der Feind ein Dorf oder eine Siedlung erreichte. Dem wollten sie Vorschub leisten. Aber alles war ruhig. Niemand war in unmittelbarer Umgebung zu sehen.

Auf Max Wink hin, fuhr Küssling langsam weiter, während er und Julius wachsam links und rechts des Fahrerhauses marschierten.

Das Dorf bestand aus drei Dutzend aus Kiefern- und Fichtenholz errichteten Bauernkaten, die blau oder grün angestrichen waren und neben geschnitzten, weiß lackierten Fensterrahmen Satteldächer aus Stroh besaßen. Mitunter waren die vorderen Ränder der Dachfirste in Form eines Pferdekopfs gestaltet. Diese traditionellen Holzhäuser, die Isba genannt wurden, stellten die gängige Behausung der russischen Landbevölkerung dar, in denen zuweilen verschiedene Generationen miteinander zusammenlebten.

Obwohl die Birke die häufigste Baumart in diesem riesigen Land war, verzichtete man in der Regel darauf, die Häuser damit zu bauen. Der Aberglaube besagte, dass die Bewohner dadurch unter Übelkeit, Schlafstörungen oder Haarausfall leiden würden. So jedenfalls hatte es ein sowjetischer Überläufer deutschen Landsern erzählt, die sich natürlich über diesen Quatsch kaputtgelacht hatten. Nicht jedoch darüber, dass unter den Fenstern zur Abendzeit schöne Landmädchen samt ihren Großmüttern auf Holzbänken saßen, um Garn zu spinnen, die vorübergehenden Menschen zu beäugen und sich über den neuesten Dorftratsch auszutauschen. Vielmehr hatte diese Vorstellung bei den Soldaten dazu geführt, dass sie in Träumereien und Schwärmereien verfallen waren. Denn insgeheim begehrten viele von ihnen die äußerst hübschen, grazilen und häuslichen russischen Frauen.

Das alles kam Steiner nun in den Sinn, als er weiterhin neben dem im Schritttempo rollenden LKW herging. Auffallend war, dass sich im Dorf keine Menschenseele blicken ließ. Das machte ihn und seine Kameraden natürlich misstrauisch.

Unvermutet gesellte sich Anastasia neben den großen, sehnigen Deutschen, dessen blonde Haarfarbe sich nur insofern von ihrer eigenen unterschied, als dass ihr zerzaustes Haar wie von der Sonne angestrahltes Gold leuchtete. Seines hingegen seltsam matt aussah.

»Es ist besser, wenn du wieder auf den LKW steigst«, meinte Steiner besorgt. »Wir wissen nicht, was hier los ist.«

Anastasia tat so, als ob sie ihn nicht gehört oder verstanden hätte. Doch je weiter sie ins Zentrum des kleinen Ortes kamen, desto befremdlicher wurde es.

»Vielleicht sind die Bewohner geflohen.«

Energisch schüttelte die Russin den Kopf, ohne Steiner zu verraten, weshalb sie das für abwegig hielt.

Vor einer Isaba, größer als alle anderen, an deren Türpfosten ein Schwert hing, blieb sie stehen.

»Wir müssen hier nachsehen«, sagte sie.

»Und weshalb?«

Anastasia erwähnte einen Mir, was er nicht richtig verstand, weil sich nun ihr Deutsch mit Russisch vermischte. Wahrscheinlich meinte sie so etwas wie einen Ortsvorsteher oder Dorfältesten. Normalerweise gehörten alle Bauern einer kleinen Siedlung, einer sogenannten Obschtschina, einer Dorfgemeinschaft an. Grund und Boden wurde periodisch unter ihnen umverteilt. Im Wesentlichen ging es bei einer solchen Feldgemeinschaft um die Verwaltung von landwirtschaftlich genutzten Flächen, bei der das Ackerland entsprechend der Bodenqualität und anderen Kriterien in Nutzflächen aufgeteilt wurde.

Steiner wusste auch, dass ein Mir, eine Verwaltungsfunktion besaß, der Eigentümer der an die Bauern abgetretenen Landbauflächen wurde und im Gegenzug für die finanziellen Leistungen gegenüber dem Staat haftete. Allerdings wurde Anfang der 1930er-Jahre die Kolchosen, die Zwangskollektivwirtschaften, eingeführt, die eine gemeinsame Abgabepflicht umfassten.

Steiner schob die in Bruchteilen von Sekunden in seinem Schädel umherschwirrenden Gedanken beiseite. Sie hatten wahrlich andere Sorgen.

Ehe er Anastassia davon abhalten konnte, rannte sie zu dem Bauernhaus hinüber.

Küssling stoppte den langsam fahrenden LKW, blieb aber sitzen. Dafür stieg Schindler aus.

»Was soll diese Scheiße?«, legte er in seiner cholerischen Art los. »Was will die Idiotin in dieser verfluchten Hütte?«

Steiner beachtete ihn nicht. Während Julius und die anderen weiterhin mit vorgehaltenen Waffen zurückblieben, folgte er

Anastasia. Sie stand vor dem Schwert, das am Pfosten der in der Seitenwand befindlichen Tür angebracht worden war.

»Was hat das zu bedeuten?«, fragte er.

»Türschwellen und Türpfosten sind Orte von großem magischem Belang«, führte sie geheimnisvoll aus. »Viele Menschen befestigen ein Schwert oder ein Nesselblatt daran, um das Haus vor Geistern und Hexen zu schützen.«

»Ich dachte immer, ihr seid entweder gottlose Heiden oder orthodoxe Christen.«

Für diese Worte erntete der Deutsche einen scharfen Blick. »Mein Volk glaubt, im Gegensatz zu euch, an so einiges, nemetskiy!«

Ihn einfach stehend lassend, ging Anastasia in die Bauernkate hinein. Darin gab es lediglich einen, ungefähr fünfundzwanzig Quadratmeter großen Raum mit einem Ziegelstein-Ofen, der den Mittelpunkt der Isba bildete. Dieser diente nicht nur zum Heizen, sondern auch als Schlafmöbel. Hier kochten, aßen und schliefen die Bauern. Die vor die Fenster gezogenen ursprünglich weißen Vorhänge waren schwarz vor Ruß und Staub.

In einer Ecke waren Ikonen, also orthodoxe Heiligenbilder, die Christus oder die Muttergottes zeigten, sowie Ikonenlampen auf Regalen unter der Decke aufgestellt.

Vor der einzigen Bank stand ein Familientisch, an dem sechs Leute Platz fanden. Bretter neben dem Ofen und Tierfelle dienten als Schlafplätze. In einem Spalt zwischen den Dielenbrettern raschelten Mäuse und Kakerlaken. Ansonsten war der Raum verwaist.

»Ich dachte, dass ich hier beim Mir herausfinde, was geschehen ist. Oder zumindest auf einen Hinweis auf den Verbleib der Dorfbewohner stoße.«

Mehr zufällig warf Anastasia einen Blick zum Strohdach hinauf. Jäh weiteten sich ihre Augen und ein gellender, fast gar animalischer Schrei entrang sich ihrer Kehle.

Auch Steiner starrte in die Höhe. Gleich darauf wich ihm aufgrund des abscheulichen Anblicks sämtliches Blut aus dem Gesicht.

Über ihnen in der Waagrechten hing ein alter, grauhaariger und vollbärtiger Mann, der an fünf Seilen, die ihm um Arme,

Beine und Rumpf geschlungen und festgezogen waren, regelrecht an der Strohdecke drapiert worden war.

Der Mir!

Sein Oberkörper war mit brachialer Gewalt aufgerissen worden, die Eingeweide sprichwörtlich nach außen gestülpt. Wie ein Pendel schwangen die, nur noch von Sehnen gehaltenen Gedärme hin und her. Der Körper war völlig ausgeblutet, obwohl kein einziger Tropfen auf dem Holzboden zu sehen war.

Es war einfach grauenvoll.

Ganz offensichtlich hatten die Fulguren das Dorf kurz vorher heimgesucht.

Gewaltsam rissen sich der Deutsche und die Russin von dem entsetzlichen Anblick des ausgeweideten Alten los.

Wo befanden sich bloß die anderen Dorfbewohner? Die schlimmsten Befürchtungen stiegen in ihnen hoch.

»Die Kirche!«

Mehr brachte Anastasia nicht hervor, sondern stürmte totenbleich aus der Isba hinaus. Steiner folgte ihr, an den verdutzten Kameraden vorbei, hinüber zur gegenüberliegenden Straßenseite. Dort befand sich das graugestrichene Gotteshaus mit dem charakteristischen russisch-orthodoxen Zwiebelturm, bei dem der untere Teil der Spitze bauchig und nach oben hin zugespitzt zusammenlief.

Anastasia rannte durch das Eingangsportal, über dem ein prächtiges Mosaik angebracht war, in die dreiteilige Vorhalle des Kirchengebäudes hinein.

Das Refektorium war leer. Im Gegensatz zu evangelischen und katholischen Kirchen gab es in orthodoxen Gotteshäusern weder Kirchenbänke noch eine Bestuhlung, weil die Gemeinde bei der Liturgie stand. Lediglich an einer Wand befand sich eine Sitzreihe für Alte und Schwache. Auch eine Orgel fand sich nicht.

Niemand war zu sehen. Aber dennoch lag ein unerträglicher Fäulnisgestank in der Luft. Dieser schien aus dem im östlichen Kirchenschiff gelegenen Altarraum zu kommen. Jener Bereich war optisch durch eine, mit Heiligenbildern bedeckte Trennwand abgeteilt. Die beim Gottesdienst dort gesprochene und gesungene Liturgie wurde allerdings auch im Gemeinderaum verstanden. Dahinter, das wusste sogar Steiner, verbarg sich das Allerheiligste der Kirche. Und dorthin hatte kein Unbefugter Zutritt.

Deshalb zögerte Anastasia. Der Landser kannte dieses religiöse Tabu zwar, nahm in der jetzigen Situation jedoch keine Rücksicht darauf.

Angespannt trat er durch den, mit einem kostbaren Vorhang verhüllten Durchgang in den eigentlichen Altarraum hinein. In dessen Zentrum hing eine Ikone, die Christi nach der Auferstehung zeigte, eine andere die Mutter Gottes, flankiert von allerlei Schutzpatronen. Auch dieser Bereich war menschenleer, der ekelerregende Fäulnisgestank hingegen beinahe unerträglich.

Entschlossen passierte Steiner das sogenannte »heilige Tor«, eine zweiflügelige, goldfarbene Tür mit Darstellungen der Evangelisten, durch die der Priester normalerweise trat, um die Eucharistie vorzubereiten.

Noch in derselben Sekunde blieb er wie angewurzelt stehen. Denn das Szenario, das ihn unvermittelt wie ein wildes Tier ansprang, sich bis an sein Lebensende in sein Bewusstsein einbrannte, entsprang direkt der Hölle!

Es mussten hunderte von Leichen sein. Aufeinandergestapelt wie Müll. Der Berg der nach Verwesung stinkenden toten Körper reichte beinahe bis zur Decke. Und selbst dort oben hingen, ähnlich wie der Mir in seinem Bauernhaus, noch weitere grausam entstellte Menschen.

Es war einfach fürchterlich und unvorstellbar ...

Es sah ganz danach aus, als ob die Fulguren mit Ausnahme des Ortsvorstehers alle anderen Bewohner in den heiligsten Raum der Kirche wie Vieh zusammengetrieben und dann barbarisch exekutiert hatten. Auffallend war, dass sich unter den Toten keine Kinder befanden. Waren auch sie von den Außerirdischen entführt worden?

Steiner drehte sich der Magen um. Er würgte. Das spärliche Essen vom Morgen kam hoch, so dass er sich direkt unter einer Ikone erbrach. Mit dem Handrücken wischte er sich über den Mund und ging schnell aus dem heiligen Raum hinaus.

Anastasia stand noch immer vor der Trennwand. Sie hatte sich nicht getraut, jenen Bereich zu betreten, zu dem sie als

Gläubige normalerweise keinen Zutritt hatte. Erschrocken sah sie dem Deutschen entgegen, der bleich wie der Tod war.

»Was ist los?«

Steiner rang um die richtigen Worte, fand sie aber nicht.

»Sag mir endlich, was mit den Menschen geschehen ist!«

Der Landser schüttete schweigend den Kopf, zu sehr stand er noch unter dem Eindruck des Gesehenen.

Anastasia wollte an ihm vorbei. Steiner griff nach ihr und zog sie zurück. »Ne zakhodi tuda – geh nicht da rein!«

Nur widerwillig ließ sich die Russin von ihrem Entschluss abhalten. Sie ahnte natürlich, was sie da drinnen erwartete. Ein grausiges Totenhaus.

Als Steiner ihr genau das so schonend wie möglich beibrachte, stiegen salzige Tränen in ihre großen Augen, rannen gleich darauf die hohen Wangenknochen hinunter.

»Eti proklyatyye d'yavoly – diese verfluchten Teufel!«

Damit hatte sie zweifelsohne recht. Doch jetzt war nicht die Zeit für Trauer.

»Wir sollten die Menschen beerdigen, nemetskiy!«

Entschieden schüttelte Steiner den Kopf. »Es sind zu viele. Wir würden Tage dazu brauchen. Die Zeit haben wir nicht. Ohnehin könnten sich diese Monster immer noch in der Nähe aufhalten.«

»Aber wir können sie nicht einfach hier liegen und verfaulen lassen!«

»Du hast recht, Nastja.« Steiner nannte das Mädchen zum ersten Mal bei ihrem Kosenamen. Als er das bemerkte, war es schon heraus. »Ich habe eine andere Idee.«

Als sie wieder vor die Kirche traten, sahen ihnen Küssling, Schindler, Sweta und Sergej gespannt entgegen. Steiner sah es als seine Pflicht an, sie über das zu informieren, was er vorgefunden hatte. Anastasia übersetzte ihrer Landsfrau die deutschgesprochenen Worte. Ihr Bruder verstand beides. Er sprach auch deutsch, wie sie selbst.

Wegen der Kälte trat Küssling von einem Fuß auf den anderen. »Wir sollten uns nach Treibstoff umsehen und dann so schnell wie möglich von diesem Ort des Todes verschwinden.«

Es war ein vernünftiger Vorschlag. Eine halbe Stunde später fanden sie bei einem der Bauern ausreichend Lebensmittel und

Benzinkanister für seine Landwirtschaftsmaschinen, die er gebunkert hatte. Damit konnten sie eventuell bis nach Minsk kommen. Und wider Erwarten sogar LKW-Ersatzreifen, die sogar für den Opel Blitz passten.

Zuvor jedoch leerten sie im Innenraum der Kirche einige Kanister aus und entzündeten danach das Benzin. Es dauerte nicht lange, bis das höchste Gebäude des Dorfes wie Zunder brannte. Und mit ihm die unzähligen Leichen der Bewohner im Altarraum. Wenigstens bekamen sie so noch eine Feuerbestattung.

Wenig später ließ der LKW Werchnaja Grosnik hinter sich. Und damit auch das unsägliche Grauen, das sich dort auf dramatische Weise abgespielt hatte.

Bislang hatte der kleine Suchtrupp der 6. Armee die Umgebung vergeblich nach Friedrich Paulus Fahrzeug abgesucht, der nicht, wie vereinbart, zum Treffen mit Generalfeldmarschall Manstein und seinem Führungsstab eingetroffen war. Da der Generaloberst ein absolut gewissenhafter Offizier war und niemals ohne begründete Absage fernbleiben würde, musste etwas passiert sein.

Doch obwohl das Gebiet, das zwischen der 6. Armee und der Heeresgruppe Don lag, nicht allzu groß war, fand sich zunächst keine Spur. Erst, als am Himmel ein Fulgurenschiff im Ausläufer der Hochsteppe auftauchte, um wenig später wieder zu verschwinden, wurde der Suchtrupp in dieser Richtung schließlich fündig. Zwar stießen die Landser beim vermissten Kübelwagen nicht auf Generaloberst Paulus, dafür aber auf seinen Adjutanten, den toten Fahrer sowie auf verkohlte Überreste von einem Dutzend weiterer Männer. Vermutlich hatte es sich bei ihnen um sowjetische Partisanen gehandelt, die Paulus und seine Leute überfallen und danach – aus welchen Gründen auch immer – von den Fulguren neutralisiert worden waren.

Claus von Lüttwitz konnte dazu keine genauen Angaben machen. Vielmehr gab er sich völlig verwirrt, als hätte er einen Schock erlitten. Auf die Frage hin, wo sich der Oberbefehlshaber der 6. Armee befand, konnte er keine Antwort geben. Auch nicht beim persönlichen Rapport bei Generalfeldmarschall

Erich von Manstein. Die Truppenärzte diagnostizierten eine dissoziative Amnesie, also einen Gedächtnisverlust aufgrund eines Traumas. Wie lange diese Gedächtnisstörung und die damit verbundenen Erinnerungslücken anhielten, waren nicht vorhersagbar. Die Zeitspanne dafür lag bei wenigen Stunden bis zu Jahrzehnten. Zeit, die Manstein jedenfalls nicht hatte, weil die unter seinem Kommando stehenden Verbände schnellstens nach Dnepropetrowsk mussten.

Dennoch sandte er weitere Suchtrupps aus, die das gesamte Gebiet durchkämmten, in dem Friedrich Paulus vermutet wurde. Dafür veranschlagte der Generalfeldmarschall einen ganzen Tag.

Als auch diese Erkundungen allesamt ergebnislos verliefen, gab er den Befehl zum Abrücken.

Generalmajor Claus von Lüttwitz befand sich mit den übrigen Fahrzeugen des Führungsstabes der 6. Armee in einem Kübelwagen an der Spitze der Kolonne. Als sein Blick den Horizont über der weiten Steppe erfasste, transformierten seine ansonsten hellgrauen Pupillen für den Bruchteil einer Sekunde zu tiefschwarzen, seelenlosen Augen eines Greys.

Seit sie Werchnaja Grosnik verlassen hatten, kamen sie besser voran als erwartet. Das lag zum einen daran, dass sie nicht mehr andauernd anhalten mussten, um nach Treibstoff und Lebensmitteln zu suchen. Und zum anderen, weil der Wettergott nach wie vor milde gestimmt war. Noch immer wurden sie von Neuschnee verschont, was wiederum dazu führte, dass die Fahrbedingungen sich nicht verschlechterten. Abgesehen von den ausgefahrenen Straßen voller Schlaglöcher, die die Insassen auf ihren Sitzbänken hin und her schleuderten.

»Was die Fulguren wohl mit den Kindern machen?«, sinnierte Anastasia laut, die mit Sergej, Sewta, Steiner und Schindler hinten im LKW saßen. Julius hingegen leistete dem Fahrer Küssling Gesellschaft. Dabei sprach sie deutsch, um nicht Sweta, die sich inzwischen ein wenig gefasst hatte, erneut zu beunruhigen.

»Vielleicht fressen sie die Kleinen!« Das Narbengesicht lachte glucksend auf und ließ die Augen aus seinen Höhlen quellen. Niemand außer ihm selbst fand das witzig. So verstummte er auch gleich wieder, als er die bitterbösen Blicke der anderen gewahr wurde. »War doch nur ein Scherz, also regt euch nicht auf.«

»Aber ein verdammt schlechter!« Steiner schüttelte den Kopf. Schindler besaß wahrlich das Feingefühl eines Ackergauls.

»Dennoch scheinen die Kinder etwas Besonderes für die Außerirdischen zu sein«, meinte Anastasia. Ihr Bruder nebendran nickte bestätigend. Im Allgemeinen sprach er nicht viel

Steiner schaute kurz zu Sweta, die von dem Gespräch nichts mitbekam. Und das war auch gut so. »Ich will mir gar nicht ausmalen, was die Mädchen und Jungen in den Händen der Greys ertragen müssen. Bestimmt nichts Gutes.« Er atmete tief durch. »Umso wichtiger ist es, dass wir uns ihnen allesamt gemeinsam entgegenstellen. Die ganze Welt muss die Fulguren bekämpfen. So können wir die Kleinen eventuell finden und retten.«

»Vorausgesetzt wir erfahren, wo sie überhaupt sind.«

»Da gebe ich dir ausnahmsweise mal recht, Schindler.«

Inzwischen befand sich der LKW zwischen Woroschilowgrad und Artjomowsk, in direkter, westlicher Richtung nach Dnepropetrowsk. Irgendwo weit neben ihnen bewegte sich vielleicht die 6. Armee und die Heeresgruppe Don, die dasselbe Ziel hatten. Vermutlich wartete dort bereits die Heeresgruppe B sowie die 1. Panzerarmee und die 17. Armee.

Laut Küssling waren es noch ungefähr 250 Kilometer bis zur Stadt am Dnepropetrowsk, die wiederum rund 400 Kilometer südöstlich von Kiew in der zentralöstlichen Ukraine lag.

Die größte Strecke von Stalingrad bis hierher hatten sie jedenfalls hinter sich gebracht. Und das ohne jegliche Zwischenfälle durch Angriffe von versprengten Sowjets, feindlichen Partisanen oder den Fulguren.

Doch jeder von ihnen wusste, dass eine Glückssträhne nicht ewig anhielt. Gleich gar nicht im Krieg. Nur keiner wagte es, dies offen auszusprechen, um den spärlichen Funken Hoffnung nicht zu trüben.

Aber das brauchte es auch gar nicht. Als Steiner irgendwann wieder einmal in gewohnter Weise durch die Ritze der LKW-Plane spähte, erstarrte er unwillkürlich. Das, was er sah, ließ ihm eine eisige Gänsehaut über den Rücken rieseln.

Fulguren-Raumschiffe!

Zigtausende!

Der Himmel war voller Flugobjekte mit den gleißenden Koronafeldern, hinter denen sich schattenhaft die zwei ineinander verschlungenen Ellipsen abzeichneten. Vermutlich hatten sie sich die ganze Zeit über im Orbit aufgehalten, nicht zu orten von der menschlichen Funkmesstechnik, um aufgrund eines strategischen Planes wieder unmittelbar über der Erdoberfläche aufzutauchen.

»Sie kommen!«, entfuhr es Steiner unwillkürlich. Die anderen drängten sich nun um ihn, um ebenfalls hinauszuschauen.

»Diese Bestien werden uns gleich in Stücke schießen, oder wie Hunde in einem Käfig verbrennen!« Schindlers Stimme kippte beinahe.

Steiner behielt die Ruhe. Küssling im Fahrerhaus anscheinend auch. Längst musste er die Flugobjekte im Rückspiegel gesehen haben. Deshalb lenkte er nun den LKW unter das erhaltene Teilstück einer ansonsten halb zerbombten Brücke. Somit konnte das Fahrzeug von oben kaum entdeckt werden, das zusätzlich seitlich von einem Waldstück abgedeckt wurde. Aber wer wusste schon, welche Möglichkeiten die Greys besaßen, um ihre Feinde am Boden zu orten.

»Denkst du, dass die Fulguren Mansteins und Paulus Verbände angreifen wollen?« Schindler war noch immer einer Panik nahe.

Steiner zuckte die Schulter. »Gut möglich. Allerdings wäre das katastrophal. Wenn unsere Heeresverbände hier vernichtet werden, dann gibt es keine große Hoffnung mehr für die Reichsverteidigung.«

Betreten schwieg das Narbengesicht.

Steiner wollte noch etwas ergänzen, aber dazu kam es nicht. Denn in diesem Moment verwandelte sich der Himmel in ein gleißendes Flammenmeer.

SECHSTES KAPITEL

Der grausige Anblick, der Artjom durch das Fenster des Steingebäudes im Gulag ansprang, schockierte ihn so sehr, dass er gar nicht mehr aufhören konnte zu schreien. Schließlich war er nur ein neugieriger, verängstigter achtjähriger Junge, der sich in diesem Schockzustand danach sehnte, dass ihn seine Mutter Sweta in die Arme nahm, um ihn vor dem unaussprechlichen Grauen zu beschützen. Auf seinen Vater hingegen konnte er nicht zählen. Bestimmt war er längst in der Schlacht um Stalingrad gefallen. Ansonsten hätten sie, als sie noch dort waren, irgendetwas von ihm gehört.

Das Szenario im dahinterliegenden Raum ätzte sich regelrecht in die geweiteten Pupillen des Jungen.

Das konnte und durfte einfach nicht wahr sein!

Er war so mit sich und dem grausigen Geschehen hinter der Scheibe beschäftigt, dass er die zwei Grey-Wächter gar nicht bemerkte, die sich ihm lautlos von beiden Seiten näherten. Erst als sie nach seinen Schultern griffen, wirbelte er herum.

Gewiss, er war ein kleiner Junge, aber dennoch verliehen ihm in diesem Moment Angst und Wut nie gekannte Kräfte. Er schlug einem der Außerirdischen das Hypnosegerät, wie er es bezeichnete, aus der dürren Hand, noch bevor dieser es betätigen konnte. Als es auf den Boden purzelte, zertrampelte er es mit dem Schuhabsatz.

Aber dann zerrten ihn die unheimlichen Wesen vom Fenster weg, obwohl er sich unter ihrem eisernen Griff aufbäumte wie ein vom Teufel Besessener.

»Lasst mich los ...«

Die Greys schleiften ihn zu seiner Baracke hinüber und warfen ihn vor den entsetzten Augen der anderen Kinder brutal auf die Holzpritsche.

Deine Zeit ist noch nicht gekommen!

Mit diesen Worten, die in den Köpfen der Barackeninsassen aufglommen, verschwanden die Fulguren. Nicht ohne dieses Mal die Tür abzusperren.

Artjom lag mit weitaufgerissenen Augen einfach nur da und starrte zu der verwitterten Holzdecke hinauf

Mischa, Lilja und Sofia umringten ihn, wagten aber nicht, ihn anzusprechen. Sie hatten selbst zu viel Angst, verstanden nicht, was eigentlich geschehen war. Vielmehr klammerten sich die Mädchen wie Ertrinkende aneinander.

Juri trat an die Holzliege heran. »Was ist mit dir los?«

Artjom gab keine Antwort. Alles in ihm hatte sich verkrampft, so dass er sogar beim Atmen Schwierigkeiten hatte. Er keuchte wie ein Hundertjähriger.

Die Jungen und Mädchen sahen ein, dass sie weder etwas aus ihm herausbekamen, noch ihm helfen konnten. Deshalb ließen sie in Ruhe.

Doch irgendwann setzte sich Artjom so schnell auf, dass Lilja und Sofia, die auf der Pritsche neben ihm hockten, vor Schreck kreischten.

»Ich weiß es nun!«, brüllte der Achtjährige so laut er konnte. »Ich weiß, was die Greys mit uns machen werden!«

Und dann fing er wieder an zu schreien, als würde man ihm beim lebendigen Leib die Haut abziehen!

Die Erde bebte so heftig, als wollte sich der Teufel mit eigenen Händen einen Weg aus der tiefsten Hölle zur Oberfläche hinaufgraben. Dabei waren die andauernden starken Erschütterungen menschengemacht.

Unzählige sowjetische 152-mm-Kanonen und schwere 203-mm-Haubitzen, 76,2-mm-Feldkanonen und 85-mm-KS-12-Flaks donnerten gleichzeitig los. Und das auf einer kilometerlang gezogenen Kampflinie im Verbund mit Abschussvorrichtungen für 82-mm-Raketen-M-8 sowie auf LKW montierten Mehrfachraktenwerfern-132-mm-M-13. Die zusätzlich unterstützenden 300-mm-Raketen-M-31 konnten sogar sechsmal so viel Sprengladung auf ihren Abschussgestellen tragen.

In diesem Abschnitt zwischen Woroschilowgrad und Artjomowsk hatte sich ein Großverband der Roten Armee eingegraben und befestigt, um Widerstand gegen die Außerirdischen zu leisten. Vielleicht sollte dieser Stellungsbau bis vor Kurzem noch dazu dienen, den deutschen Kampfgruppen in den Rücken zu fallen, und waren deshalb so hervorragend ausgebaut. Die Stellungssysteme und Verteidigungsanlagen waren mehrere Kilometer lang und mit schweren Panzer- und Flugabwehrgeschützen bestückt. Die Panzergräben dahinter waren etwa sechs Meter breit und vier Meter tief, zusätzlich gesichert durch Erdbunker mit dicken Abdeckungen aus Baumstämmen sowie Minengürtel aus Holzkastenminen, die natürlich für den Bodenkampf gedacht waren.

Jedenfalls zerriss der massive Geschützdonner dieser neuen Front den Tag wie ein Höllengewitter, dessen Echo tosend hinterher rollte. Die erschütternde Luft war diesig vom Geschützrauch und Nebel, so dass die Rotarmisten den Pulverqualm bitter auf der Zunge schmeckten. Die Landschaft schien nicht nur zu erzittern, sondern geradewegs zu schwanken.

Zusammen mit dem Dröhnen der Abschüsse und dem Pfeifen der Granaten stoben unzählige Feuerstrahlen schräg über den, unter der Brücke stehenden LKW in den Himmel. Die Granaten der leichten, mittleren und schweren sowjetischen Flak-Artillerie, die größtenteils problemlos mehr als drei Kilometer weit reichten, trafen zahlreiche Ellipsenraumer. Die Feuerkraft genügte, um die Schiffe schwer zu beschädigen oder gänzlich zu zerstören. Entweder trudelten sie manövrierunfähig zur Erde, um auf dem hartgefrorenen Boden zu zerschellen oder sie standen als grellgleißende explodierende Minisonnen am Firmament. Ihre verglühten Wrackteile regneten wie Konfetti vom Himmel.

Die Verluste der Außerirdischen, die ganz offensichtlich von der konzentrierten Luftabwehr überrascht wurden, waren erheblich. Dennoch lichteten sich die Formationen der Fulguren nur unerheblich. Dafür antworteten die Raumschiffe ihrerseits mit einem Feuervorhang aus gebündelten Energiestrahlen.

Da, wo sie einschlugen, zerschmolzen die gegnerische Flak- und Feldartilleriestellungen und andere Geschützstände im Nu zu Metallklumpen. Darin eingeschlossen die verschmorten sterblichen Überreste von Menschen.

Aus Sicherheitsgründen hatten Steiner und die übrigen Kameraden und Flüchtlinge den Opel Blitz-LKW verlassen, warfen sich mit dem Überlebensinstinkt von Tieren auf die vibrierende Erde oder in Bodenwellen. Andere wiederum kauerten hinter einem der noch stehenden Brückenpfeiler, neben dem Metallsplitter und Raumschiffteile umhersurrten.

Sergej lag mit seinem massigen Körper halb über seiner Schwester, um sie notdürftig vor den umherfliegenden Schrapnellen zu schützen.

Steiner wünschte sich in diesem Moment, er wäre es, obwohl ein solcher Gedanke in dieser Situation mehr als abwegig war. Schließlich ging es nun um das nackte Überleben.

Beinahe atemlos verfolgten die Frauen und Männer die epische Schlacht zwischen Menschen und Außerirdischen. Begleitet vom infernalischen Todesbrüllen ungezählter Explosionen oben und unten.

Steiner kam nicht umhin, den Kampfeswillen der Rotarmisten zu bewundern. Seinen Kameraden erging es bestimmt nicht anders. Allerdings zeichnete es sich ab, dass die Russen auf längere Sicht unterliegen würden.

Kaum hatte er diesen Gedanken zu Ende gebracht, als vor ihm auf der Ebene, zunächst verborgen von einem Waldstück, ein gepanzerter Großverband der Sowjets auffuhr. Ein solches Mechanisiertes Korps bestand aus zwei Panzerdivisionen und einer motorisierten Schützendivision. Die Soll-Stärke betrug neben 37.000 Mann rund 1.100 Panzer, darunter 126 schwere KW-1, 420 mittlere T-34, und 560 leichte T-70. Das alles war kein Geheimnis. Allerdings marschierte die Infanterie nicht mit auf, weil die Fulguren ebenfalls keine Bodentruppen ins Feld schickten. Ohnehin wäre sie relativ schnell von den tödlichen Energiegeschützen ausgeschaltet worden. Deshalb ersparte man ihr einen solchen absolut sinnlosen Opfergang.

Kaum hatten die einzelnen Panzerzüge ihre Staffel-Kampfformationen eingenommen, bei denen sie in jeweilige linke und rechte Turm-Feuerbereiche eingeteilt wurden, krachten die 76,2-mm-Hauptkanonen der KW-1 und der T-34 sowie die 45-mm-Kanonen der T-70 los. Ihre Feuerkraft, die sich ebenfalls gen Himmel richtete, unterstützte die Flugabwehrgeschütze maßgeblich. Dabei benutzten die operativen Panzerverbände eine neue Taktik, bei der langanhaltendes heftiges Flak-Feuer vorbereitet und danach die Panzer in verschiedenen Wellen eingesetzt wurden, begleitet durch taktische Luftangriffe. Jene wiederum führten die Jagdregimenter aus Mikojan-Gurjewitsch MiG-3- und Lawotschkin LaGG-3 aus, die nun am Horizont auftauchten.

Es schien so, als hätten die Iwans diese beeindruckende Streitmacht in den letzten Tagen geradewegs aus dem Ärmel geschüttelt.

So kam es, dass der flammende Teppich aus Abertausenden Raumschiffen immer mehr Lücken aufwies.

Die wütenden Attacken der Fulguren konzentrierten sich neben ihrem bisherigen Hauptziel, nämlich die Ausschaltung der russischen Geschützformationen, nun gleichermaßen auf die Angriffslinien der Panzer sowie den Jägerregimenter in der Luft.

Die Schlacht wurde absolut erbarmungslos geführt. Nur, dass es dieses Mal nicht um irgendeinen Geländegewinn am Boden, sondern um nichts anderes als die Lufthoheit ging. Denn wer diese besaß, trug den Sieg davon.

»Wir sollten schnellstens von hier verschwinden«, brüllte Hedrich seinem Freund über den Gefechtslärm hinweg zu, der mit ihm hinter einem Pfeiler der halbzerstörten Brücke kauerte. »Ein Treffer, auch wenn es nur ein Irrläufer ist, und alles fliegt hier in die Luft. Und zwar mit uns.«

Steiner wusste, dass Julius recht hatte. Allerdings konnten sie wohl kaum wie Hasen über das freie Feld hoppeln und damit den Fulguren ein ausgezeichnetes Ziel für einen Abschuss bieten. Ungeachtet dessen war die Zeitspanne, in der die Schlacht weiter tobte und dadurch die beiden Kampfparteien miteinander beschäftigten, für eine Flucht durchaus geeignet. Später würden sie keine Gelegenheit mehr dazu bekommen.

Ein wahres Dilemma, in dem sie sich befanden. Was also tun?

Hektisch schaute sich Steiner um. Eventuell konnten sie das Waldstück, das eine Seite der Brücke abdeckte, als Deckung nutzen. Das Risiko war hoch. Dennoch blieb ihnen kaum eine andere Wahl.

Also entschloss er einfach, den Befehl zu erteilen, auf den LKW zu steigen, obwohl er keinen höheren Dienstrang als seine Kameraden besaß. Aber Küssling hatte es zuvor ebenso gemacht. Und schließlich musste irgendjemand über das weitere Vorgehen entscheiden, um überhaupt eine Überlebenschance in diesem Inferno zu haben.

Küssling fuhr mit überhöhter Geschwindigkeit, dennoch die nötige Vorsicht walten lassend, in das Waldstück hinein. Somit entzog sich der Opel Blitz weiter der unmittelbaren Sicht aus der Luft. Er nahm die Strecke, die westlich vom kilometerlangen Schlachtfeld wegführte. Zum Glück ging das Waldgebiet in ein anderes über, das sich kilometerweit in die Richtung erstreckte, in die sie ohnehin wollten.

Dabei benutzte der Fahrer die alten Holzfäller- oder Schleichwege von Partisanen. Küssling war wirklich ein ausgezeichneter Fahrzeugführer, der seine Sache verstand. Ohne ihn wäre alles viel schwerer, wenn nicht gar unmöglich gewesen. Selbst Schindler, der auf der Beifahrerbank saß, hielt sich jetzt mit seinen despektierlichen Kommentaren zurück. Er wusste natürlich genauso wie die anderen, was die Stunde geschlagen hatte.

Immer wieder krachten Trümmerteile vom Himmel zur Erde. Aufgrund der sich stetig vergrößernden Distanz zum Brennpunkt der Schlacht, glaubten sie zunächst davor in Sicherheit zu sein. Als jedoch nur fünfzig Meter neben dem LKW das Metallstück eines Raumschiffes von der Größe eines mittleren Felsbrockens in den Wald einschlug, Bäume niedermähte und einen riesigen Krater hinterließ, wurden sie eines Besseren belehrt.

Während die Landser, Sergej und seine Schwester mit bleichen, eingefallenen Gesichtern und zusammengekniffenen Lippen auf dem Lastkraftwagen saßen, erlitt Sweta einen erneuten Nervenzusammenbruch. Kein Wunder bei dem, was insbesondere sie durch die Entführung ihres Sohnes, bislang erlebt hatte. Hinzu kam jetzt noch die Todesangst, eventuell in die Schlacht mithineingezogen, oder von den Fulguren aufgespürt zu werden. Weinen konnte sie schon gar nicht mehr. Dennoch hörten sich ihre unentwegten Schluchzer wie Laute aus einem dunklen Grab an.

Allesamt dachten sie nur an Dnepropetrowsk, um dort endlich mit den deutschen Heeresverbänden zusammenzutreffen, damit sie sich nicht mutterseelenallein durch diese Hölle bewegen mussten. Die Anspannung war fast greifbar zu spüren.

Ab und an warf Steiner einen schnellen Blick zu der jungen Russin hinüber. Aber sie ignorierte ihn, ob absichtlich, oder nicht konnte er nicht beurteilen. Dementsprechend war es, abgesehen von den Fahrgeräuschen, Swetas Seufzer und der nur langsam abschwellenden Schlachtgeräusche, still auf dem Pritschenaufbau.

Stunde um Stunde verging. Sämtliches Zeitgefühl schwand dahin.

Jeder hing seinen eigenen düsteren Gedanken nach. Steiner befürchtete, dass sich die Schlacht zwischen den Fulguren und den Russen eventuell sogar in den Bewegungsradius der Heeresgruppe Don sowie der 6. Armee verlagern könnte. Das wäre ein Desaster, könnte dann diesen deutschen Verbänden ebenso die Vernichtung drohen.

In diesem Moment verabscheute Steiner den Krieg zutiefst. Obwohl er sich selbst nicht als Nationalsozialist, sondern als Patriot sah, war ihm stets daran gelegen, das Beste für das Vaterland zu wollen. Und es gegen alle inneren und äußeren Feinde zu verteidigen. So auch gegen die Bolschewiken, zu deren Eliminierung der Führer in einem nie dagewesenen Feldzug mit einem über Drei-Millionen-Heer aufgerufen hatte. Wie die meisten hatte er geglaubt, dass sie, neben den Juden, die eigentlichen Erzfeinde des Deutschen Reiches waren. Nichts hatte er hinterfragt. Doch jetzt, in Anbetracht der Bedrohung aus dem All, die sogar das Ende der gesamten Welt und damit auch der Menschheit bedeuten konnte, tat er genau das! Ganz gleich, welche politischen Ansichten oder religiösen Glauben die Nationen dieser Erde verfolgten. Nun ging es erstmals um eine wahrlich »universelle« Gefahr, derer sich alle Völker gemeinsam stellen mussten.

Unvorhergesehen stoppte der LKW, riss seine Insassen, bis auf den Fahrer, der das Bremsmanöver eingeleitet hatte, aus ihren Gedanken.

Hedrich und Steiner sprangen von ihren Pritschen. Auch Küssling und Schindler stiegen aus dem Fahrerhaus.

»Warum hast du angehalten?«, wollte Max wissen, der mit einer neuen Gefahrenlage rechnete.

»Ich muss es endlich loswerden«, gestand der Angesprochene. Er machte ein Gesicht, als ob er soeben ein entsetzliches Kriegsverbrechen begangen hätte. Dabei sah sein Zwirbelbart über der Oberlippe wie ein Fremdkörper aus.

»Was willst du loswerden, Küssling?« Schindler ahnte schon, dass nun etwas kam, das er vermutlich wieder aufbauschen konnte.

»Nachdem die Fulguren uns im Waldlager überfallen haben und die Kinder entführt wurden, sind wir gleich darauf aufgebrochen.«

»Ja, das war in der Nähe von Nowy Rogatschik. Aber das ist gewiss nichts Neues.« Schindler konnte es kaum erwarten, irgendein gemeines Geständnis des Fahrers zu hören, was er ihm zukünftig vorhalten konnte.

Werner Küssling ließ ihn links liegen, sah vielmehr Steiner und Hedrich der Reihe nach an.

»Dort in der Ferne einige Kilometer weiter im Wald, direkt an einer Eisenbahnstrecke, entdeckte ich Wachtürme von einem Lager. Ihr konntet das hinten im LKW nicht sehen. Lediglich ich vorne in der Fahrerkabine.« Er hielt kurz inne, bevor er fortfuhr. »Verdammt noch mal, ich hätte euch von meiner Beobachtung berichten müssen!«

»Na und, was ist das Problem?« Schindler klang enttäuscht, hatte er sich doch etwas ganz anderes vorgestellt.

Küssling druckste herum. »Was, wenn die Greys die Kinder dorthin gebracht haben? Und ich fahre einfach daran vorbei ...« Der Landser unterbrach sich selbst. Beschämt und unsicher. Nun war es heraus.

Die Möglichkeit, dass die Fulguren die Mädchen und Jungen in dieses Lager verbracht hatten, bestand durchaus. Das war in diesem Moment jedem klar.

»Vielleicht auch nicht«, versuchte Hedrich den Kameraden zu beruhigen. »Schließlich haben wir beim Vorstoß nach Stalingrad einige von diesen Gulags geräumt, wie du dich sicher erinnerst. Wahrscheinlich stand jenes ebenfalls leer.«

»Was aber, wenn nicht? Dann habe ich mich am ungeklärten Schicksal der Kleinen schuldig gemacht, bin eventuell sogar für ihren Tod verantwortlich. Herrgott noch mal, vergib mir!«

»Ganz genau, Küssling«, trumpfte Schindler nun doch auf. »Sollten die Kinder dort gefangen gehalten werden oder bereits elendig verreckt sein, dann bist du ein verdammungswürdiger Kindermörder. So wie Herodes, der alle Babys aus Angst vor der Geburt des beschissenen Judenkönigs in Bethlehem abschlachten ließ. Verstehst du das!«

Ansatzlos packte Steiner das Narbengesicht am Kragen. »Du kannst einfach dein blödes Schandmaul nicht halten, Schindler! Du machst mich krank!«

Für einen Moment sah es so aus, als ob dieser mit seinen Provokationen weitermachen wollte. Doch stattdessen riss er sich fluchend los. Wie ein gescholtenes und beleidigtes Kind ging er zum Pritschenaufbau des LKW hinüber, auf dem Anastasia, Sergej und Sweta saßen.

»Gewiss, es war ein Fehler uns nicht darüber zu informieren«, wandte sich Steiner an Küssling. »Dann hätten wir gemeinsam besprechen können, was wir tun sollen. So aber hast du es alleine entschieden. Und wenn die Kinder tatsächlich im Lager gefangen gehalten werden ...«

»Der idiotische Schindler hat recht«, fiel ihm der hagere Mann mitten ins Wort. »Sollte das der Fall sein, dann habe ich sie allesamt auf dem Gewissen. Das wird mich mein Leben lang begleiten.«

»Beruhige dich.« Julius legte dem mit sich hadernden Kameraden die Hand auf die Schulter. »Keiner von uns kann mit Bestimmtheit sagen, wohin die Kinder gebracht wurden. Es muss nicht unbedingt dorthin gewesen sein. Vielleicht sind sie schon vorher von den Greys getötet worden oder anderweitig umgekommen. Gott sei ihre armen kleinen Seelen gnädig.«

»Mach dir keine Vorwürfe, Küssling«, bekräftigte auch Steiner. »Keiner von uns ist frei von Fehlern oder irgendwelchen falschen Entscheidungen. Gleich gar nicht im Krieg. Hörst du!«

»Die ganze Zeit über hat mich das belastet und deshalb musste ich es endlich loswerden. Dennoch habe ich nach wie vor ein schlechtes Gewissen. Aber damit muss ich wohl lernen, umzugehen.«

Tatsächlich waren sie viele hunderte Kilometer von dem Gulag entfernt. Es wäre nicht nur Irrsinn, an den Ort der Schlacht, die zwischen den Russen und den Fulguren tobte, zurückzukehren, sondern sie würden niemals rechtzeitig nach Dnepropetrowsk kommen.

Aus den Augenwinkeln heraus wurde Steiner plötzlich einer Gestalt gewahr, die wie eine Furie weinend und schreiend an ihm und Julius vorbeirannte. Direkt auf Küssling zu. Ihre Arme waren vorgestreckt, die Hände zu Klauen verbogen, das Antlitz eine Fratze aus Wut und Hass.

Sweta!

»Ty nemetskaya svin'ya – du deutsches Schwein!«, geiferte sie. Mit den hektisch ausgestoßenen Worten sprühte Speichel aus ihrem aufgerissenen Mund.

Noch bevor einer der drei Landser es verhindern konnte, fuhren die spitzen, verdreckten Fingernägel der Frau mitten durchs Gesicht des Fahrers, hinterließen lange, blutige Striemen.

Von brennendem Schmerz gepeinigt, schüttelte Küssling sie wie ein Insekt von sich ab. Sweta stürzte zu Boden und blieb herzzerreißend weinend liegen.

Hinter ihr stand der feixende Schindler. Denn er war es gewesen, der Anastasia von dem Lager erzählte und sie bat, dies auch der älteren Frau zu sagen. Bedauerlicherweise hatte sie das getan.

Unbändige Wut stieg in Steiner hoch. Wie ein wilder Stier stapfte er auf das Narbengesicht zu.

»Jetzt mache ich dich endgültig fertig, Schindler!«

Doch bevor es dazu kam, riss ihn Julius zurück. »Er ist es nicht wert, Max! Zudem haben wir ganz andere Probleme, als dass du diesem verfluchten Idioten die Fresse polierst!«

Nur langsam drangen die gutgemeinten Worte des Freundes in Steiners vor unbändigem Zorn umwölktes Bewusstsein. Er schnaufte tief durch und wandte sich ruckartig von dem bleichgewordenen Narbengesicht ab.

Julius hatte recht. Es nützte niemandem etwas, wenn sie in der prekären Lage, in der sie sich nach wie vor befanden, auch noch gegenseitig an die Gurgel gingen.

SIEBTES KAPITEL

Währenddessen marschierte die Hauptarmee der Fulguren bei über zwanzig Grad minus weiter aus östlicher Richtung auf Stalingrad zu. Die Russen schätzten, dass es sich um etwa 1,6 Millionen außerirdische Soldaten handelte. Da sie auf ihren Gehwerkzeugen dieselbe Geschwindigkeit wie ein Panzer entwickeln konnten, schmolz die Distanz zu den Außenbezirken der Industriestadt zusehends. Dabei hatte sich die einst in zwei Armeen zu je einer Million Kämpfern geteilten Bodenstreitkräfte vereinigt, um wohl einen einzigen vernichtenden Angriffsstoß durchführen zu können. Abgesehen von den 400.000

Greys, die aus Westen auf die 6. Armee gestoßen und sie in eine Schlacht verwickelt hatten.

Diese Nachricht jedenfalls war inzwischen in Generaloberst Gregori Schukows Stabsquartier eingegangen. Letztlich war es den Deutschen durch ein kluges Rückzugsgefecht sowie Feuerunterstützung der Restverbände der Heeresgruppe Don gelungen, die Außerirdischen zu schlagen. Allerdings verloren sie dabei selbst schweres Kriegsgerät und über 50.000 Mann. Hinzu kam, dass Friedrich Paulus seit einem mutmaßlichen Überfall sowjetischer Partisanen spurlos verschwunden war. Das war bedauerlich, denn Schukow hatte den Generalobersten geschätzt, auch wenn sie erbitterte Gegner gewesen waren.

Jedoch konnte er sich um die Konsequenzen dieser Ereignisse nicht kümmern, denn der Großangriff der Fulguren, dem seine ganze Aufmerksamkeit galt, stand unmittelbar bevor.

Da die Sowjets aufgrund des Rückzugs der 6. Armee in der Nähe von Karpowka keine Kampfhandlungen im Westen der Stadt mehr mit den Deutschen zu befürchten hatten, stabilisierten sie im Osten ihre Verteidigungslinien. Denn aus dieser Richtung marschierten die Feinde heran. Die ursprüngliche Zangenbewegung war somit aufgehoben worden.

Dabei spielte Vinnowka, linksseitig der Wolga, eine Schlüsselrolle. Dort wurde der Verteidigungsriegel, den die 28., 51., 57., 62. und 64. sowjetische Armee bildete, verstärkt. Hier wurde der Hauptstoß der gegnerischen Einheiten erwartet. Leider konnte die 8. Luftarmee die Verteidigungslinie nicht verstärken, war sie doch zuvor von den Fulguren vernichtet worden. Ähnlich verhielt es sich mit den Panzer- und anderen motorisierten Verbänden, die ebenfalls durch den vorherigen Angriff der Raumschiffe beinahe restlos dezimiert waren. Auch hinsichtlich der Infanterie waren sie kräftemäßig in der Unterzahl, besaßen sie doch lediglich eine Million Mann, während die Greys über das eineinhalbfache an Truppen aufbrachten.

Schukow war natürlich darüber informiert, dass sich ein starker Großverband der Roten Armee zwischen Woroschilowgrad und Artjomowsk der Fulguren-Flotte entgegenstellte. Den Oberbefehl hatte Marschall Leonid Alexandrowitsch Goworow inne, ein ausgezeichneter Offizier, der 1936 die

Militärakademie des Generalstabes gegründet und im Großen Vaterländischen Krieg gegen Hitlerdeutschland verschiedene Truppen- und Frontkommandos befohlen hatte.

Schukow hoffte von ganzem Herzen, dass es Goworow gelang, diese außerirdischen Schweinehunde allesamt vom Himmel zu schießen. Allerdings nützte ihm das bei seinem eigenen Abwehrgefecht herzlich wenig.

Der erfahrene Generaloberst kannte natürlich den Begriff der sogenannten »inneren Linie« aus der militärischen Operationsführung, von der insbesondere der preußische Generalmajor, Heeresreformer und Militärwissenschaftler Carl von Clausewitz gesprochen hatte. Dessen Hauptwerk Vom Kriege, in der er seine Theorien über Strategie, Taktik und Philosophie veröffentlicht hatte, übten immensen Einfluss auf die Entwicklung des Kriegswesens in vielen Ländern aus und wurden dort noch immer an Militärakademien gelehrt. So auch in Russland.

Beim Operieren der Verteidiger auf der »inneren Linie« konnten diese, weil sie selbst im Zentrum standen, sämtliche Kräfte auf kurzem Weg an bestimmten Stellen konzentrieren und so wirksame Schläge austeilen. Die Angreifer hingegen operierten auf der »äußeren Linie«, mussten demnach zur Bildung von Schwerpunkten wesentlich größere Anstrengungen unternehmen.

Um eine erfolgreiche Attacke durchführen zu können, sollte der Aggressor zahlenmäßig deutlich überlegen sein. Herkömmlich gingen Militärstrategen von einem Verhältnis von drei zu eins aus.

Allerdings genossen die Verteidiger noch weitere militärische Vorteile. Dazu gehörten: Vertrautheit mit der Form des Kampfes in bedecktem Gelände, vorbereitete Stellungen, die Möglichkeit des Ausfalls nach mehreren Seiten sowie die Hilfe der einheimischen Bevölkerung. Der letzte Aspekt schied jedoch aus, weil von den einst verbliebenen 150.000 Zivilisten in Stalingrad, durch die vorherige Schlacht mit den Fulguren nur noch wenige Tausend übriggeblieben waren. Und das zumeist Kranke und Alte, die sich natürlich nicht an den Kämpfen beteiligen konnten. Andererseits waren einige junge Männer mit den Deutschen nach Westen gezogen. Das hätten die Sowjets vorher unterbinden sollen, um die Kampfkraft der eigenen

Streitkräfte zu erhöhen. Wenn auch nur marginal. Ein Fehler, der jetzt nicht mehr korrigiert werden konnte.

Hingegen blieb den Angreifern der »Vorteil der Überraschung im Gefecht«, den die Greys während ihres völlig unerwarteten Überfalls aus dem All bereits gezeigt hatten.

Schukow stellte seine Truppen strategisch bestmöglich auf einen hoffentlich erfolgreichen Abwehrkampf ein. Nicht einmal in seinen kühnsten Vorstellungen hätte er gedacht, dass er Stalingrad nicht gegen die Deutschen, sondern gegen Extraterrestrische verteidigen musste. Und dass die Stadt, die den Namen des »Stählernen«, des Vorsitzenden des Rates der Volkskommissare und Staatsführers trug, vielleicht sogar verloren ging.

Die Rotarmisten, die sich in den Stellungen des kilometerlangen Verteidigungsriegels regelrecht eingegraben hatten, warteten mitunter bang, aber auch neugierig auf die außerirdischen Gegner. Darin unterschieden sie sich in nichts von den Landsern. Keiner von ihnen hatte jemals ein anderes Wesen aus den Weiten des Weltalls gesehen. Militärpsychologen schätzten, dass mindestens fünf Prozent der eigenen Truppen alleine durch eine solche Konfrontation negative psychische Folgen davontragen könnten. Und das ohne irgendwelche Gefechtshandlungen ...

Am 31. Dezember 1942, einem Donnerstag, an dem normalerweise in den friedlichen Regionen der Welt Silvesterfreude herrschte, weil bald das Neue Jahr mit Feuerwerkskörpern begrüßt wurde, erreichte das über 1,5-Millionen-Heer der Fulguren die ersten vorgeschobenen feindlichen Stellungen bei Vinnovka. Die schiere Masse der Angreifer brachte es mit sich, dass sie trotz zahlenmäßig viel höherer Verluste als die Verteidiger, diese einfach überrannten. Dabei hinterließen sie mit ihren überlegenen Energiewaffen in gewohnter Weise Tod und Terror.

Dennoch mussten die Fulguren verschiedene Ketten von Abwehranlagen überwinden.

Die Luft war erfüllt vom Heulen der Geschosse, dem Pfeifen der Sprenggranaten, den Explosionsdetonationen der wenigen Geschütze, die nach dem Angriff der Fulguren-Raumschiffe gesichert werden konnten. Alles dröhnte, ächzte und wankte.

Die Mauern der umliegenden Häuser bröckelten, die rohen Fassaden der ohnehin bereits halbzerstörten Fabriken brannten.

Die gut ausgebauten Abwehranlagen, die mitunter schon im Kampf gegen die Deutschen genutzt worden waren, mit Schützengräben, Bunkern und Panzersperren, erwiesen sich zunächst als höchst effektives Bollwerk.

Zu Tausenden rannten die Außerirdischen dagegen an, wurden jedoch mit massivem Abwehrfeuer von den eingegrabenen Geschützstellungen und MG-Nestern eingedeckt. Doch die Befestigungsanlagen hielten nur wenige Stunden. Dann waren sie, wenn auch mit außerordentlich hohen Verlusten, eingenommen.

Als die Greys diese überwanden, stürmten sie blindlings in die, unter der Erde liegenden und getarnten Minenfelder, die sich wie ein Gürtel um das Verteidigungszentrum zogen. Dafür wurden ferngesteuerte Objektminen F-10 verwendet, die aus, mit elektrischen Leitungen verbundenen 12-V-Batterien sowie 8-Röhrenfunkempfänger mit einer Drahtantenne bestanden, welche in rechteckigen, olivgrün gestrichenen Metallbehältern untergebracht waren. Sie konnten sogar aus Entfernungen von hunderten Kilometern per Funkfrequenzen der Langwelle und Mittelwelle zwischen 130 und 1100 kHz ausgelöst werden. Dafür dekodierten die Steuereinheiten zuvor die speziellen Funksignale. Nachdem die Signale empfangen worden waren, wurden elektrische Impulse erzeugt, die die Zünder aktivierten. Der Abstand zwischen den einzelnen Sprengladungen betrug fünfzig Zentimeter, so dass die Möglichkeit, eine derartige Minensperre unbeschadet zu durchqueren, nahezu bei null lag.

Auch andernorts in der Stadt war längst eine Verminung durch diese höchsteffektiven Sprengfallen vonstattengegangen. Beispielsweise in Kraftwerken, der Wasserversorgung, Eisenbahnen oder Brücken, die nicht in die Hände des Feindes fallen sollten. Angebracht und angelegt worden waren diese schon Tage zuvor von eigens dafür ausgebildeten Pioniereinheiten.

Die Spezialisten warteten nun darauf, dass sich möglichst viele gegnerische Einheiten auf den jeweiligen Minenfeldern bewegten. Erst dann lösten sie die hochexplosiven Sprengladungen per Funk aus. Und das mit verheerenden Folgen!

Die Körper der Greys wurden im Sekundentakt zerfetzt. Ihre abgetrennten Gliedmaßen und auseinandergerissenen Torsos wirbelten zu tausenden durch die Luft. Die Minendetonationen schienen nicht enden zu wollen.

Das war in der Tat das blutigste Silvester, das Stalingrad jemals erlebt hatte. Die, bis zur Unkenntlichkeit entstellten Körperteile bildeten einen meterhohen Leichenteppich auf den Minensperren.

Aufgrund der erheblichen Ausfälle unterbrachen die Fulguren ihren Vorstoß und zogen sich zurück. Doch den Verteidigern war klar, dass dies nur eine Galgenfrist bedeutete.

In erster Linie nutzten die Greys die Feuerpause, um herauszufinden, auf welcher Frequenz die Minen ausgelöst wurden. Als ihnen das gelang, konnten sie die Funkzündungs-Signale erfolgreich stören und somit die, für sie so verlustreichen Minenfelder neutralisieren. Danach konnten sie ihren Vorstoß fortführen und die gewaltige Angriffszange immer enger um das Verteidigungszentrum zusammenschnüren.

Generaloberst Schukow, der im Minutentakt Meldungen der einzelnen Frontabschnitte erhielt, geriet zunehmend mehr in Bedrängnis. Längst hatte er seinen gesamten Führungsstab um sich herum versammelt, um die verbliebenen taktischen Möglichkeiten zu erläutern. Am Ende wurden die letzten Spezialkräfte mobilisiert. Pioniereinheiten, die im Nahkampf geübt waren. Doch auf das, was sie erwartete, waren auch sie nicht vorbereitet.

Als die Rotarmisten schließlich im Gefecht dazu gezwungen waren, einzeln Mann gegen Alien zu stehen, erlebten sie buchstäblich hautnah, zu was die Greys fähig waren. Geschockt mussten sie mit ansehen, wie viele ihrer Genossen, die nicht von den fremden Energiewaffen verbrannt worden waren, von den haiähnlichen Gebissen der Außerirdischen zerfetzt wurden.

Dieser abscheuliche Anblick ließ zahlreiche Sowjets desertieren. Hals über Kopf flohen sie vor den, sich wie Kannibalen gebärdeten Monstern. Allerdings kamen sie nicht weit, denn die Energiestrahlen verwandelten sie ungleich später zu schwarzer, qualmender Schlacke.

Die Verteidigungslinien im Osten Stalingrads wurden allesamt durchbrochen, die Einheiten der Rotarmisten auf wenige tausend dezimiert, während das Heer der Fulguren immer noch annähernd eine Million betrug.

Es war aussichtslos.

Die restlichen verbliebenen Soldaten der sowjetischen Armeen kämpften sprichwörtlich bis zur letzten Kugel. So wie einst US-General George Armstrong Custer, der 1876 bei der legendären Schlacht am Little Bighorn mit dem dezimierten 7. Kavallerie-Regiment von 225 Männern einer Übermacht von 2.000 Sioux- und Cheyenne-Indianern gegenüber gestanden hatte und vernichtend geschlagen wurde. Alle Weißen wurden massakriert, darunter auch Custer.

Doch im Gegensatz zu damals wählte der sowjetische Befehlshaber einen anderen Heldentod. Nachdem der letzte Pionier getötet worden war und die Fulguren den Oberbefehlshaber gefangen nehmen wollten, richtete Generaloberst Georgi Schukow die eigene Waffe gegen sich. Mit einem Schuss in die Schläfe entzog er sich damit dem Verbringen auf eines der Raumschiffe, wie zuvor sein Pendant Friedrich Paulus. Aber das konnte er freilich nicht wissen.

Am ersten Tag des neuen Jahres, dem 1. Januar 1943, war Stalingrad gefallen. Die, so hart umkämpfte Stadt. lag nun allerdings nicht in der Hand des deutschen Ostheeres. Vielmehr in den Klauen eines weitaus grausameren Gegners aus dem Weltall.

Fürwahr, nicht nur die Geschichte des Zweiten Weltkriegs, sondern der gesamten Menschheit, musste völlig neu geschrieben werden.

Artjom war nicht mehr er selbst. Seit er von seiner heimlichen Exkursion in die Kinderbaracke zurückgebracht worden war, hatte sich sein Verhalten vollständig verändert. Nie ließ er auch nur ein Wort darüber verlauten. Und jede Nacht wurde er von grauenhaften Albträumen heimgesucht, als würde er das, was er gesehen hatte, immer wieder aufs Neue erleben müssen.

In der Folge ging Tag ein und Tag aus vorüber, ohne, dass die entführten und gefangenen Kinder in irgendeiner Weise von den Greys behelligt wurden. Abgesehen davon, dass sie dreimal täglich in die Speisebaracke des Lagers geführt wurden. Offenbar sollten sie bei Kräften bleiben. Für was oder wen blieb ihnen weiterhin verschlossen.

Das war die einzige Stunde in denen sie auf die Mädchen und Jungen der anderen Baracken trafen. Allerdings durften die Deportierten kein Wort miteinander sprechen. Das war bei Strafe strengstens untersagt. Dennoch entwickelten die Kinder im Laufe der Zeit eine Art Nachrichtensystem mit, auf kleinen Zetteln geschriebenen Botschaften. Freilich konnten nur einige der Älteren solche verfassen. Die anderen waren noch zu jung oder überhaupt nicht in die Schule gegangen. Das Papier und die Bleistifte hatten sie in einer der Baracken gefunden. Dort war das Schreibmaterial von einem der damals erwachsenen inhaftierten Häftlinge des Gulags in einem Bettgestell versteckt worden.

Dementsprechend zirkulierten beim Einnehmen der Mahlzeiten schriftliche Informationen, die man sich gegenseitig heimlich zusteckte. So erfuhren die Kinder von Begebenheiten, die ihnen vorenthalten waren. Dazu gehörte auch, dass zu bestimmten Zeiten jeweils ein Block-Insasse geholt wurde und für immer verschwand. Dabei schien es ein gewisses System zu geben, geschah all dies doch nicht willkürlich.

Allmählich jedoch sprach sich herum, dass diejenigen Jungen und Mädchen, die nicht wieder auftauchten, in das Gebäude beim Exerzierplatz gebracht wurden, das inzwischen propadat genannt wurde, was so viel wie »verschwinden« bedeutete. Niemand außer Artjom hatte es gewagt und gleich gar geschafft, dort einen Blick hineinzuwerfen. Allerdings schwieg er weiterhin beharrlich.

Es war Juri, der die damit verbundene Ungewissheit über ein Schicksal, das offenbar jedem von ihnen irgendwann einmal drohte, nicht mehr ertrug. Eines Nachts schlich er mit einem halben Dutzend seiner Kumpane, an Artjoms Schlafpritsche heran, die dieser sich wie gewohnt mit dem gleichaltrigen Mischa teilte.

Bevor der Achtjährige überhaupt mitbekam, wie ihm geschah, wurde er von zahlreichen Händen gepackt, von der Liegestatt gezerrt und zum Parascha geschleift. Der Kübel, in dem normalerweise die Notdurft verrichtet wurde, stand in einer Ecke unter einem Belüftungsrohr. Dennoch stank es an dieser Stelle bestialisch nach Fäkalien, nach Kot und Urin.

Mischa und die beiden Mädchen waren durch diese Aktion ebenfalls aus dem Schlaf gerissen worden, wagten jedoch aus Angst, genauso wie die anderen Kinder kein Aufbegehren. Vielmehr fügten sie sich dem älteren und hochgewachsenen Block-Kapo, für den er sich selbst hielt. Mit eisernem Griff am Nacken zwang Juri Artjoms Kopf nur wenige Zentimeter über den Kotkübel.

»Spuck endlich aus, was du drüben im propadat gesehen hast!«, forderte er mit scharfer Stimme.

Als Antwort erhielt er ein Fluchen.

Juri fackelte nicht lange, verlagerte ein Teil seines Gewichts auf die Arme, um den Kopf des sich aufbäumenden Jungen in seinen Händen wuchtig in den Eimer zu stoßen.

Wieder einmal zeigte es sich, dass Kinder genauso grausam sein konnten, wie Erwachsene.

Als Artjoms Gesicht in die stinkende Schlacke eintauchte, schloss er den Mund und die Augen. Es war das Ekelhafteste, was man ihm bisher in seinem Leben angetan hatte. Annähernd eine halbe Minute musste er in dieser Stellung verharren, bis ihn Juri wieder an den Haaren sprichwörtlich aus der Scheiße zog.

»Willst du immer noch schweigen, Svolach – Bastard?«

»Idi k chertu – fahr zur Hölle!«, gab der bestialisch stinkende Angesprochene zurück, der Mühe hatte, sich nicht gleich an Ort und Stelle zu übergeben.

Juri drückte ihn erneut in die Fäkalien. Dieses Mal fast eine Minute lang, bis die anderen um ihn herum schon dachten, Artjom wäre erstickt. Als er ihn erneut aus dem Eimer zog, keuchte der Achtjährige so hektisch, als würde er soeben einen epileptischen Anfall erleiden.

Im selben Moment wurde die Barackentür entriegelt und aufgestoßen.

Die Kinder schrien wild durcheinander, als unversehens vier Greys hereinstürmten. Doch diese interessierten sich ausnahmslos für Juri und Artjom.

Brutal schlugen sie mit ihren Keilwaffen auf die Jungen ein, um sie gleich darauf aus der primitiven Bretterbude hinaus zu zerren.

»Ich will nicht dorthin!« Artjoms Stimme überschlug sich vor Angst und Grauen, als er begriff, dass er und Juri zur propadat gebracht wurden. Doch alles Zetern und Wehren nützte nichts.

Schon wenig später fanden sich die beiden Jungen im Inneren des langgezogenen Steingebäudes mit den dickverglasten Fenstern wieder.

Und das, was ihnen dort angetan wurde, gehörte zum größten Geheimnis der Fulguren, betraf es doch unmittelbar das Überleben ihres gesamten Volkes.

Man konnte es Schicksal, Zufall oder einfach nur »Hurenglück« nennen, wie sich Oskar Schindler ausgedrückt hatte. Jedenfalls hätte keiner im Opel Blitz mehr damit gerechnet, dass sie vor ihrem eigentlichen Ziel auf ihresgleichen stoßen würden!

Etwa hundert Kilometer von Dnepropetrowsk entfernt, wurden sie von einem Spähtrupp ihrer eigenen Einheit aufgebracht. Natürlich war die Freude groß, endlich wieder zur 6. Armee beziehungsweise das, was von ihr noch übrig war, zu kommen. Diese hatte sich zwischenzeitlich mit der Heeresgruppe Don vereinigt. Damit war nicht nur der Einsamkeit in der Weite Russlands ein Ende bereitet, sondern auch das relative Maß an Sicherheit gewährt, welche die Eingliederung in einen Großverband ergab.

Steiner und seine Kameraden erfuhren, dass Generaloberst Friedrich Paulus spurlos verschwunden war und dass die Fulguren Stalingrad eingenommen hatten, Schukow tot und seine Truppen vernichtet waren. Das jedenfalls war Generalfeldmarschall Erich von Manstein vom OKW mitgeteilt worden, das aufgrund der völligen neuen Weltlage mit den Russen in Kontakt stand.

Derweil hatte die Schlacht zwischen der Roten Armee und den Außerirdischen im Abschnitt Woroschilowgrad und

Artjomowsk unbestimmt geendet. Beide Seiten hatten hohe Verluste erlitten, aber keine konnte den jeweiligen Gegner vollends niederringen. Wenn man es positiv sah, dann konnte man schlussfolgern, dass auch die Greys nicht unbesiegbar waren.

Allerdings wusste niemand, wie viele Truppen sie noch aus dem Weltraum auf die Erde bringen konnten.

Für den Rest des deutschen Ostheeres galt es nun, sich weiter in Russland zu sammeln und danach Richtung Westen vorzustoßen, um schnellstens ins Großdeutsche Reich zurückzukehren.

Hitler, Berlin, die gesamte Nation wartete darauf, dass die dort tapfer gegen die extraterrestrischen Invasoren kämpfenden Verbände endlich verstärkt wurden. Es ging wahrlich um alles.

Die große Schlacht ums Vaterland stand an.

ENDE

Verpassen Sie nicht den nächsten Band!

Tragen Sie sich in den Newsletter von *EK-2 Militär* ein, um über aktuelle Angebote und Neuerscheinungen informiert zu werden und an exklusiven Leser-Aktionen teilzunehmen.

Link zum Newsletter:
https://ek2-publishing.aweb.page

Über unsere Homepage:
www.ek2-publishing.com
Klick auf *Newsletter*

Via Google: *EK-2 Verlag*

Als besonderes Dankeschön erhalten Sie **kostenlos** das E-Book »Die Weltenkrieg Saga« von Tom Zola.

Deutsche Panzertechnik trifft außerirdischen Zorn in diesem fesselnden Action-Spektakel!

Ihre Zufriedenheit ist unser Ziel!

Liebe Leser, liebe Leserinnen,

hat Ihnen unser Buch gefallen? Haben Sie Anmerkungen für uns? Kritik? Bitte zögern Sie nicht, uns zu schreiben. Wir werden jede Nachricht persönlich lesen und beantworten.

Schreiben Sie uns: info@ek2-publishing.com

Wussten Sie schon, dass Sie uns dabei unterstützen können, deutsche Militärliteratur sichtbarer zu machen? Bitte nehmen Sie sich einen Moment Zeit und bewerten Sie dieses Buch online. Viele positive Rezensionen führen dazu, dass das Buch mehr Menschen angezeigt wird.

Sie können somit mit wenigen Minuten Zeitaufwand unserem kleinen Familienunternehmen einen großen Gefallen tun. Vielen Dank für Ihre Unterstützung!

Impressum

Eine Veröffentlichung der EK2-Publishing GmbH
Friedensstraße 12, 47228 Duisburg
Handelsregisternummer: HRB 30321
Geschäftsführerin: Monika Münstermann

E-Mail: info@ek2-publishing.com
Website: www.ek2-publishing.com

Cover/Umschlag: Coverdesign Jörg Piesker
Lektorat: Heiko Piller
Buchsatz: Eduard Krisan

1. Auflage, November 2023

Druckhinweis:
Libri Plureos GmbH
Friedensallee 273
22763 Hamburg